TRAVEL ESSAYS
IN EUROPE
AND AMERICA

旅行的回味

一个作家的欧美散记

叶永平 / 著

上海社会科学院出版社
SHANGHAI ACADEMY OF SOCIAL SCIENCES PRESS

Contents

目 录

醉人的爱尔兰之舞

随音乐摇曳的身体啊，灼亮的眼神！

我们怎能区分舞蹈与跳舞人？

——引自爱尔兰伟大诗人叶芝的诗

那年，爱尔兰的“大河之舞”在春晚舞台上的亮相，使之声誉鹊起，迅速在中国走红。前不久，我们到爱尔兰旅游，旅行社安排了一个“爱尔兰之夜”的娱乐活动。这下，我们大开眼界，原来，爱尔兰民族能歌善舞，音乐和舞蹈是他们生活的一部分。难怪他们的踢踏舞跳得如此娴熟、如此自如、如此迷人。

都柏林市中心的里菲河畔，夕阳洒在河面上，波光粼粼，一片金灿灿的。导游预先为我们订好了“爱尔兰之夜”的票，每人29.95欧元，并预定了座位。

晚上7点半，在都柏林的夏夜中，我们沐浴着金色阳光来到“骑士酒吧”，只见门口广告上写着：享受惊人的爱尔兰音乐和世界著名的凯尔特节奏的爱尔兰舞蹈家的表演，品尝难忘的爱尔兰美食。以红色和黑色为基调的广告画上画的是一组踢踏舞的经典画面。读罢，我们仿佛就对踢踏舞有了一点浅浅的印象。走进一楼，放眼环视大堂，嗬，长条桌、吧台，凡是有座位的地方，全是正在喝酒的人，好不热闹。

服务员把我们引入地下室，老式的木质楼梯，显得陈旧却有韵味。走入大堂，顿感屋内只有昏黄的小灯。定睛细看，虽说层高并不高，还算宽敞，迎面是一个靠墙搭着的舞台，几盏舞台灯已打开，几排长桌形的高脚桌子，已有几十人坐在那享用着啤酒。舞台上的两位爱尔兰歌手边弹边唱，一曲唱罢，一阵掌声，又一曲开始。

我们的桌位紧靠舞台，是左侧墙边第一排。刚入座，一身黑衣打扮、系着围裙的男服务员便上来问候："晚上好！各位，晚餐有 ABC 三种套餐，请选择。"我们点了三文鱼作为主菜的套餐。

借着舞台大灯的余光定神环顾四周，噢，这是一大排有靠背的高脚木椅，坐着可将双脚搁在凳脚的横条之间，陈设简朴。正看着，舞台上的歌手提起一杯啤酒，咽了下嗓子，又开唱了。瞧，话筒架子上有个特制的酒杯托，里面的啤酒还在冒着小气泡哩。这时，醇厚的男中音响起，曲调欢快而奔放，这也难怪，歌手边跳边唱，手舞足蹈。而底下观众整齐划一地鼓掌打着拍子，有的干脆放声高歌，台上台下的互动，全场的欢笑声、歌唱声、击拍声，汇成一股热流，使每个人的脸上绽开笑容。

服务员上菜了，面包和山羊奶酪，每人一份百里香洋葱汤、一大盘烟熏三文鱼配有土豆泥蔬菜，甜品是阿马苹果派和釉面树莓蛋糕，分量十足。我们几个你看我，我看你，都想请别人帮忙"消化"些。爱尔兰作为"健力士"啤酒的故乡，我们便到一旁的吧台去点酒，蓝色灯光下的吧台，一大排水龙头和铜管子，亮晶晶的，再瞧龙头上的不同标记，原来那是不同品牌的啤酒，只要你拧开龙头，这啤酒就像自来水一样流出来。

我们慢慢地品尝着爱尔兰的菜肴，大口喝着新鲜的“健力士”，再细细地聆听动人的爱尔兰乐曲，真是有滋有味，别有风趣。

晚上 9 点半，爱尔兰踢踏舞登场了。一组 6 人的女舞蹈家上台，伴着快乐的节奏，踢腿蹬脚，或前或后，或左或右，或急速转身，或跳起旋转，而“踏踏”的节点声纹丝不乱，博得满堂喝彩。之后，一男一女两名舞蹈家表演双人舞旋转，他们飞快地旋转，像个陀螺似的，接着，男的围着女的，边作旋转边踩着舞步的节点，一番过后，依然不倒不歪，而“踏踏”的舞步格外清脆。一阵掌声响起，夹着几声口哨声和有些观众的尖叫声，台上台下，如痴如醉，原来，一位男舞蹈家跳着跳着，慢慢地蹲下身子，轻轻地仰面倒下，仅靠自己的背肩部在舞台上继续同女演员配合表演，他整个身子在原地打转，真是令人大开眼界，这踢踏舞的王国，就是有绝活。

夜深了，爱尔兰之夜还在尽情地跳舞唱歌，而我们在异国他乡，早已心醉了……

在科克孔子学院当游客

科克，爱尔兰的第二大城市，1185 年建市，2005 年与上海建立了友好城市关系。我们在科克短暂的几天游程里，听说有个孔子学院颇有影响，他们对“孔学”也是兼容并蓄，颇为友好。于是，我们好奇地想去拜访。

那天下午，科克湾的海风吹拂着，金色的阳光洒满李河两岸。我们慕名来到科克大学，这里像花园一样，浓郁的古树，那粗壮的枝干表面像百岁老人的皮肤，凸显出历史的沧桑感。成片的草坪，散发着青春的活力，预示着这里的未来。

尽管校园里造了不少新教学楼，而上百年的老建筑风采依旧，旧礼堂内的吊灯、门窗及窗玻璃都是当年的旧物，墙壁四周半封闭的书架依然存放着早已发黄的书籍。这就是历史，是花多少钱也买不来的。

在充满现代气息的新教学楼里，我们参观了“科克大学孔子学院”。几位上海大学在此访问讲学的老师，用上海话同我们攀谈起来。

“你们真是稀客，我们还是第一次在这里接待上海的游客，太难得了。中国和爱尔兰两国需要多多交往。”上海老师显得有些激动。

我们问：“洋学生喜欢孔学吗？”“这里的洋学生对改革开放的中国充满期待和向往，所以，来学习中文的学生越来越多。”

老师们介绍道：孔子学院以学习中文和传授中国文化为主，颇受洋学生的喜爱，尤其对那方块字的千变万化，他们感到奇妙无穷，被深深地迷住了。难怪我们在学院的告示栏里能看到各式中文的通知告示，字体变化多端，色彩艳丽，特别醒目。在异国他乡能看到中文在这里推广使用，仿佛看到了一座中爱友谊之桥的美好远景。

在教室门口，一则用中文书写的“夏令营”的招生通知吸引了我们的眼球。原来，学院要组织有兴趣的学生到中国来探访孔子的故乡，亲历感受中国文化的深厚底蕴和无穷魅力。

透过窗户看到教室里悬挂着红灯笼和中国结，窗玻璃上粘贴着中国窗花纸，喜气洋洋。一位来自中国的教师正在用汉语字正腔圆慢语速地给洋学生上课。我们询问起“汉语托福”“汉语夏令营”等事，陪同的老师一一作答。看着学院里到处张贴着的书写着的汉字，我们仿佛回到了自己家一样。

临别时，我们真切地祝愿这些“孔学”的洋学生们，在中国的夏令营有意外的收获。

出海捕蟹当“渔夫”

在上海的友好城市——科克，我们慕名来到当地一家名叫“英国市场”的菜市场。

在一长排鱼货海鲜摊前，各式各样的海鱼、海虾、海蟹、牡蛎、青口贝类等，规格划一、品质好又新鲜，再看看价格表，价廉物美，真叫我们垂涎欲滴、欲罢不能。

为了让我们见识当地市场的海鲜来源，导游开着车带我们到海滨参观了一家海鲜加工厂。

从巴利·利基小镇出发，沿着班特里海湾的公路，车行一个小时，来到了卡斯尔敦贝尔港。

卡斯尔敦贝尔港，位于爱尔兰西南部科克郡，地处科克郡的西南部，东临班特里湾的西北岸，南濒凯尔特海的西北侧，东近班特里港。

海岸边上有一处绿色的平房，门口墙上粘贴着一块圆形的标牌，写着“西戈尔的味道”，海腥味扑鼻而来。

这里就是当地著名的“德拉贝类和鱼”海鲜工厂。

换好规定的白色衣帽，我们从进货的第一关看起。大海蟹从渔船上运来，按各家渔船的不同标签，验明正身，清洗检验，这样把好货物的“进口”关。随之分类分规格，送入热加工车间，再凉却，进入包装车间后，一个个塑料袋里的大海蟹，已经不再张牙舞爪，反而“缩手缩脚”裹成一团，装在塑料箱里转入冷库。

我们在现场看到，这一只只大海蟹还舞动着两只大螯哩，可见其食材的新鲜程度。该加工厂的老板了解到我们是中国游客，边叫我们品尝边喜笑颜开：“我们现在好多大海蟹就销往中国市场，你们看到了大海蟹是怎么‘爬’到中国市场去的?!”说得我们哈哈大笑。

好客的主人让我们品尝刚刚包装好的海鲜，两大盆蟹脚、一大盆当地的香酥饼干和蘸料。沾着蘸料，就着松脆的饼干，口感与众不同。

主人颇为了解我们的心事，谁不想去看看究竟是怎样捕捉大海蟹的呢?

于是，工厂主人安排我们去当了一回“渔夫”，就是随同他们公司的渔船出海捕蟹。

从卡斯尔敦贝尔港出发，车子在海岸边的小路转来转去，20分钟后来到一个叫艾莉希斯的小码头，深深的港湾，是个天然的避风港。

用木板铺成的岸边装卸区，已经有辆白色的面包车，卸完了一大批塑料箱，在静静等候着渔船的归来。

一阵轰鸣声，一条灰白色的渔船由远及近，迅即靠岸，三四十个塑料箱里装满了蠢蠢欲动的大海蟹。有一只身强力壮的大海蟹，灵机一动，从塑料箱的角上，踩着其他兄弟的硬背，一转身就翻出来了，刚想疾步逃走，被渔民一把抓住，嘭的一声，扔回塑料箱里，它便装死不动了。

蒙蒙细雨中，灰白色的机动渔船载着我们离开码头，渔民凯文拿起刚刚捕获的一只足有二三斤重的黄道蟹，笑盈盈地告诉我们：这就是附近海域的特产之一，我们现在就去拉网捕蟹。

小渔船开了 20 分钟，船缓缓地随波漂流，凯文注视着海面上出现的浮标，原来，在寻找早些时候投放的蟹笼。他们用钩子钩起浮标，然后用绞车拉着钢丝绳，轰隆隆的响声，一只只柱形的金属蟹笼随着钢丝绳被拉上渔船，笼子相互之间用绳钩相连，串连成排。所以，渔民只要拉起第一只，就可以一连串地起笼了。凯文特意向我们展示了蟹笼的秘密——原来每只蟹笼的尼龙网上有扁锥形入口，笼里放有饵料，螃蟹会自投罗网。甲板上很快堆满了蟹笼，渔民一边清理蟹笼里的海货，一边井然有序地堆放好蟹笼。一个小时后，最后一只蟹笼被拉起。渔民便重新将蟹笼放回大海，不过，现在是从渔船的尾部将浮标等先投入大海，这时渔船开足马力向前驶去，而甲板上的蟹笼就会顺势从船尾依次“哗啦哗啦”落入海中，消失在汹涌波涛之中，沉入 20 ～ 80 米深的海水中，蜿蜒几海里，等待着下一次的捕蟹开始。

捕蟹，不仅仅是个靠天吃饭的力气活，而且渔船在海上要同风浪搏斗，船体小，乒乒乓乓的铁笼子收起放下，非常容易碰伤人。安全第一，凯文他们只要求我们在旁观战。

风渐渐小了，细雨也停了。渔船返港，我们问及：“这次渔获如何？”凯文他们抿嘴一笑：“其实，这个笼子是不到起货时间的，因为难得你们从中国赶来一看，提前收笼了，所以，渔获不多，没关系，只要你们开心，也是一种收获啦！”

鱼鲜老人

初秋，我们来到爱尔兰的科克市。在著名的生鲜菜市场——“英国市场”，我们看到室内悬挂着几幅巨大的招贴广告，画面上是一位爱尔兰老人，头戴白色凉帽，身穿白色短袖工作服，外加天蓝色防水护兜，他一边咧开笑口，一边双手挑拣着大虾，正向身旁到此访问的英国伊丽莎白女王发出粲然一笑。

“这位慈祥的爱尔兰老人是谁?”我们新奇地问起爱尔兰导游唐先生。

“这是我们科克市大名鼎鼎的‘鱼鲜老人’，是科克市的‘形象人物’。”唐导游指着巨幅广告画里的“鱼鲜老人”，娓娓道来：“这位鱼商，叫帕特·欧考内，经营着一家鱼鲜店。那年5月，英国伊丽莎白女王到科克访问时，专门来到‘英国市场’。在帕特·欧考内的鱼摊前，两位老人亲切交谈了一番。听着‘鱼鲜老人’的介绍，女王在鱼摊前流露出赞许的神色，瞬时间被随行记者摄下这一画面。现在，这张两位老人在鱼摊前的留影成了‘英国市场’的招牌广告了。”

我们慕名来到帕特·欧考内的鱼摊前，竞相探访这位名闻遐迩的“鱼鲜老人”。只见老人身板硬朗，在不停地收拾着各色鱼货，一会儿往鱼货下方添加冰块冰粒，以保鱼货新鲜，一会儿用净水冲洗鱼摊上下，整个鱼摊旁没有一星半点的腥臭味。鱼摊上的大鱼小鱼、海虾海蟹，按品种排列得整整齐齐，你瞧，那鱼儿

的眼珠一个个晶莹剔透，说明这鱼是非常新鲜的。我们边看边拍照，还不停地询问唐导游这个那个。

唐导游见状便上前同“鱼鲜老人”打起招呼：“这几位是从遥远的中国来的游客，看到你的巨幅广告画，又看到你在鱼摊前忙碌，是否方便同你交谈几句？”

“鱼鲜老人”一听，走出柜台，盈盈一笑：“欢迎来自远方的中国客人，我们这里盛产新鲜美味的三文鱼、大螃蟹。你们来了就不要错过这个美食幺！”随之，他熟练地从鱼摊上用双手捧起一条红褐色的大鱼，叫鮟鱇鱼，瞧那张开的大嘴，足可吞下一个小足球。鱼嘴边露出上下两排尖尖的利齿，一副凶相毕露的样子。“它再厉害，可现在成了我们的美味佳肴了。”“鱼鲜老人”边说边叫我们用手去摸摸大鱼的牙齿。我们捏着大鱼头上那根长长的须子，左右来回摆动着须子。原来它的第一背鳍棘变成了一根长长的“钓竿”，在这根“钓竿”的顶端又有一个肉质的穗，叫“拟饵”。据说这“拟饵”是这种鱼在捕捉食物时用来作诱饵的。这时，唐导游为我们和“鱼鲜老人”摄下“众人戏鱼”的欢乐场景。

欢笑声中，我特意请“鱼鲜老人”再次抓起大鱼，我为他留下那“鱼鲜老人”的“收获之喜”。

临别，“鱼鲜老人”掏出名片发给我们。一瞧，名片上正是他和伊丽莎白女王的合影。我向他建议：“到中国去开家专卖店。”“OK，OK！”老人连连赞许，并发出朗朗笑声。

城市的“彩妆”

色彩是城市文化的象征，当我们来到爱尔兰科克市，顿时被这别具一格的城市建筑色彩所感染、所迷惑。这城市好像儿童搭的积木，到处是花花绿绿的。五彩缤纷的色调，同一般城市不一样，我们戏称为“城市的彩妆”。

科克具有1000多年历史，迄今仍保留了大量的历史建筑，但这些古建筑大多以花岗岩或火山岩为主，色彩单一，却颇有历史沧桑感。难怪，整个城市就像一座历史博物馆，有上千年的古城墙遗址、18世纪的圣安妮教堂，还有19世纪的大教堂等建筑，均以灰色、黑色为基调，庄重简朴，表达了其城市文化中深沉的内涵。

一方水土养一方人。然而，科克历史文化的积淀，又孕育了科克人追求多元文化的价值取向，不苟雷同，他们酷爱鲜艳醒目的色彩，乃至将城市建筑的门窗涂成不同色彩，令人耳目一新。笔者漫步在科克的街头，看到五颜六色的门窗，颇感惊奇。导游讲述了一个美丽的传说：以前，有男人爱醉酒，太太生怕酒后的男人找不到自己的家，便把门窗涂成自己喜爱的颜色。望着那红彤彤的门、黄灿灿的门、碧蓝碧蓝的门、墨绿墨绿的门，真佩服他们把门窗当作画板了，尽情地表达对色彩的喜爱、对生活的追求，乃至成为一种习俗。由此，不同色彩的门窗，恰巧构成了一道别具风情的城市风景线。

其实，细观科克的城市建筑风貌，彩色的门窗，仅仅属于“淡妆”而已。我们看到不少建筑整个外墙立面全部涂上色彩，科克人以其热烈奔放的性格，凸显其城市建筑的“浓妆”，乍一看，让人大吃一惊。我们在商业街头看到，一家卖食品的小超市，将门面、门窗等一概涂成大红色，热烈醒目，格外跳跃，可见主人追求的是不同凡响的效果。而一家二三十平方米的小书店，除了玻璃橱窗外，均以奶黄色涂之，色彩柔和温馨，总让人想驻足多望几眼那摆放着的新书。最耀眼的是，一家小酒吧，地处拐角处，主人将其直角两面的立面上上下下全都刷成天蓝色，十分夺目，远远望去就像一片蓝天，令人豁然开朗。

在科克市的商业街上，商店鳞次栉比，商品琳琅满目，但你绝不会看花眼走错门，因为商店的门窗甚至外墙立面都是五光十色的，这倒方便了我们这些外来游客，虽分不清东南西北，但

只要默默记住不同色彩的外观，就能一目了然，准能找到自己所选择的“目标”。我们深深感受到，这里是那般“淡妆浓抹总相宜”。

在科克港海边散步，迎风沐浴着科克湾清爽的海风，放眼眺望海边大道的建筑天际线，高低错落有致，建筑风格不尽相同，最为赞叹的是色彩缤纷的建筑外墙立面，色彩斑斓，绚丽多彩，构成一幅浓墨重彩的油画，在碧绿的海水映衬下，真像童话里的世界一样，以永葆那城市彩妆的魅力。

在那充满历史沧桑感的科克市政厅里，我们了解到，该市于1996年分别出台了一系列有关文物保护方面的法律和方案，为城市文物在法律上提供了保护，要求重点保护十五六世纪建成的街区，并分成红、橙、蓝三色保护区。红色为正在开发的区域，橙色为批准即将开发的区域，蓝色为未开发区域。难怪，这座充满色彩的城市，为后人留下如此弥足珍贵的城市景观，也由此成为科克人的骄傲。

历史是花多少钱都买不来的。

记得一位爱尔兰的建筑设计师曾对我们这样说：古老建筑作为凝固的历史，除了尊重和保护外，还要有效地利用。

再悠久的历史，再古老的建筑，还是需要后人精心保护。联想到国内一些城市在开发时，一味地拆光老建筑，执意改天换地重造一座新城，此做法看来值得商榷。

格伦加里夫“海豹角”

爱尔兰的格伦加里夫湾是海豹的家。每当游客坐船抵近时，好奇的海豹非但不会逃之夭夭，还有胆大的会游向游船，仿佛同你打招呼……

我们夜宿班特里的海景小屋酒店，在枕头上聆听了一夜轻轻的涛声。回味之间，带着海涛的问候，驱车 20 多分钟，我们来到了格伦加里夫小镇。

清早，小镇上人烟稀少，当地的人们还在睡梦中。我们在街上闲逛，那家叫“格兰兰爱尔兰市场”的商店，绿色的“面容”，里面出售的全是爱尔兰羊毛制品，尤其是各种各样的长毛绒玩具，绝对是“全毛制品”。

听说这里的加里尼什岛有个“海豹角”，因为人与自然常年和谐相处，海豹不太怕人，所以可以一睹海豹的倩影。

我们来到蓝池码头，这里是一个海湾的自然公园，登上一艘包租的小游艇，虽然风平浪静，小游艇却依然不徐不疾，原来是想叫我们静静地享受海湾的宁静与旖旎风光。

几分钟后，有人惊呼起来：“海豹，海豹，快来看海豹呔！”一声惊叫，划破宁静的水面，不过，几头黑黝黝的小家伙——海豹，怡然自得，理都不理，继续趴在礁石上睡懒觉。有个“小精灵”，躺在一块水中的小黑石上，还白肚皮朝天，头和尾巴翘起来，成拱形状，似乎在做高难度的体操动作?！任凭我们拍手称快，它就是不理不睬，最多是嘴巴旁的几根胡须略微摆动一下，算是表示对我们的一种“问候”了。

我们小心翼翼地关了小游艇的发动机，随着水流慢慢地飘向海豹，但是，一直保持着好几米的距离，因为，生怕它受了惊吓而逃走。其实，这里的海豹似乎天生就是爱尔兰海湾的小精灵，一点都不怕人，懒懒散散的模样，哪怕是响声大了，它最多就是好奇地抬头朝你张望几下，转过身，自顾自地，一如往常，或是挠痒痒，或是打瞌睡。因为，它以为：来人不过就是另外一种模样的“海豹”而已，那是同类！是呀，当人与自然和谐相处后，双方都没有戒心，彼此视作“同类”，这应该是“海豹角”的成功之处！

据说，由于当地人非常重视保护生态环境和爱护动物，这里成了海豹的一片乐土，海豹越来越多，现在生活着400多头，而且数量还在增加。看着这些天性十足的海豹们，总会令人有所领悟：爱尔兰人能够在狭小的岛国上自强不息，同时，他们爱惜小动物，从这里“海豹岛”的现状就可见一斑。此时此刻，不禁使人想起一部

爱尔兰电影《罗恩岛的秘密》，其讲述的就是关于海豹人的故事。一个年轻人在海边遇到了海妖，海妖褪下海豹皮后竟然变成了长着乌黑头发的美丽女孩，两人结婚并生儿育女，幸福地生活着。

大概海豹有点同“美人鱼”相似，更能够博得人们的亲近与善待。

“海豹人”是爱尔兰的一个民间传说，流传至今，深入人心。难怪，在“海豹岛”可以看到那么多海豹在此无忧无虑地生活着、繁衍着、快乐着……

爱尔兰人就是今天的“海豹人”，他们都想成为善良的天使。

做客科克市长室

科克，爱尔兰的第二大城市。2005 年，与上海建立了友好城市关系。

那年 7 月，到科克访问时，我们应邀到科克市长室做客，受到了市长的友好接见，有幸品尝中爱两国人民友情之甜蜜。

那天上午，科克湾的海风吹拂着，金色的阳光洒满李河两岸。8 点 45 分，市政厅官员皮特先生一行来到宾馆，陪同我们徒步走向几百米外的市政厅。

一进大门，未见保安门卫之类，偶有几位步履匆匆的上班者。皮特一看表，距约定的 9 点，尚有些宽余，便在大厅简要介绍科克市简史以及几位塑像人物的生平事迹。皮特正说着，一位身板结实的中年人，穿着浅色衬衫，提着西装，同皮特打了个招呼，和蔼地说了句“还有 5 分钟”。他一边“噌噌”快步拾级而上，一边还诙谐地吹了两下口哨，“他就是市长先生”，皮特悄悄讲道，我们颇感惊奇，望着这充满活力、平和近人的背影，我们留下了难忘的印象。

据了解，这位前不久刚当选的新市长，曾在大学读经济学，后从事饮食业。市政厅网站上还挂着他和妻子、3 个女儿的照片，留有联系电话、电子邮箱。他的每周日程向市民公布，经常参加活动，与民同乐。市民或团体需接见或邀请，可在网上填表联系。

“时间差不多了，请上楼。”皮特看了下手表，边说边引导着我们。

到了市长室门口，离 9 点还差一两分钟。皮特示意我们在秘书室站着候场。因为门口就只有秘书官员的办公桌和两把等候用的木椅，另有一个木制的衣帽架，没有更多的摆设。

这时，市长室的门打开了，市长先生笑容满面地走出来。他身着深色西装，上装外戴着光灿灿的金色勋章，其章链足有皮带那么宽。章链上是镂空的花纹，一节一节相连，还配有金色的挂件和宝石等，这是荣誉与权力的象征，由市长在正式场合佩戴，显得隆重高贵。据说，这个传统已有几百年历史了。

“欢迎各位来到科克市做客。”他边说边做着请进的手势。

我们鱼贯而入，一一同市长握手问候。

只见办公室有四五十平方米，两张单人布沙发和 10 来把软垫靠背扶手椅。浅蓝色的地毯中间印着市徽：盾形图案，内有两个塔，之间有一艘三桅杆船，底部为飘带。屋内四周椅角旁的茶几上摆放着人像雕塑和玻璃器皿等。宽大的玻璃橱里，一层一层整齐地摆放着金色的盘子和两个银色的权杖。墙上挂着几幅肖像油画。爱尔兰生产的水晶制品最著名，难怪，屋里展示着市政厅接受的礼品：各式水晶花瓶，在水晶吊灯的相映之下，剔透玲珑，闪闪烁烁。

市长看我们站着有点拘束似的，便亲切地说道：“到了这里，按这儿的礼仪，先请各位坐下，喝点什么？”

几位官员动手搬过几张小茶几，取出已准备的咖啡和茶，还有几碟饼干。

精致的茶具，浓香的红茶。市长示意大家啜上一口。我们大家会意地笑了起来。

一来二去，气氛十分融洽，话题也更轻松了。市长与我们交谈着，我则边聆听边用余光打量着四周。

市长办公桌也就两个平方大小，一把酱红色的靠背椅子，唯独是颜色同其他椅子不同。古色古香的S造型的台灯、胶带纸、水笔等小用品，拾掇得整整齐齐。办公室里大多是历任的旧物，朴实平淡。唯有办公椅上方的一只挂壁式空调内机，是最现代的了。

谈笑间，不知不觉已到约定结束的时间。市长取出市政厅的纪念品：一只装有对笔的小礼盒，赠送给我们每位，且一位一位上前同我们握手拍照留念。

当我上前时，市长看到我一直提着尼康单反相机在照相，握手时便开着玩笑说："你像个专业摄影师！"说得大家哈哈大笑。尽管大家语言交流不便，但友好之情是完全相通的。

正当我们笑别市长室时，刚才那位摄影师已从门外秘书的电脑上打印出了几张照片。仔细一瞧，哟，是市长接见我们的照片，乐得我们相互传阅着，欢快之意荡漾在脸上……

德累斯顿在废墟中崛起

德累斯顿作为文化之都而盛名远扬。这座城市就像传说中的凤凰涅槃一样，从战争的废墟中重建了起来。

如果游客想总揽一下城市美景的话，最好的办法就是到奥古斯图斯桥边易北河的对岸去，在那里，一幅独特的易北河全景图将展现在眼前。几百年来，这一被称作“卡纳莱托之景”的景观得到了无数游人的赞美，并吸引着来自欧洲各国的画家。

德累斯顿，就是文化的代言词。因为这里被文化淫浸着，处处散发着文化的气息。

城市中最有资格被冠以“举世闻名”形容词的建筑，当属茨温格宫，它乃是巴洛克建筑的尖峰巨作。茨温格宫，这是一件“强者”奥古斯特时代的巴洛克式建筑艺术作品。

茨温格宫建成于 1709 年。为了装饰这座建筑，众多的雕塑家为其创作了大量无与伦比的雕塑作品，它们至今仍是萨克森州首府德累斯顿的最重要名胜之一。

茨温格宫前身是由木结构建筑环绕的广场，用作萨克森王公贵族举行各种比赛和进行宫廷游戏的欢庆场所。1710 ～ 1719 年，人们用砂岩修建了茨温格宫。王冠门，以古希腊罗马时期的元素以及意大利巴洛克盛期的标志性元素妆点着，这座塔楼成为德累斯顿的标志之一。墙亭旁的仙女浴池是德国最精美的巴洛克式喷泉之一。茨温格宫的内部房间还被辟为博物馆。其中，陶瓷收藏

馆是世界上藏品最多的陶瓷收藏馆之一。另外是兵器珍宝馆，这里收藏了珍贵的制服与奢华兵器。森伯画廊也同样值得一游，它至今仍收有世界上文艺复兴时期直至巴洛克时期的绘画作品，其中，最著名的要数拉斐尔的《西斯廷圣母》。

从废墟中走出来的圣母教堂光芒耀眼、魅力无穷，它是最重要的新教教堂之一。

圣母教堂于 1726 ～ 1743 年间以巴洛克式建筑风格建造而成，“二战”期间教堂坍塌并被焚毁；1994 ～ 2005 年间，凭借资助机构的帮助和捐赠，圣母教堂得以重建。从建筑角度来看，它称得上是巴洛克时期最有价值的欧洲教堂建筑之一。

萨克森州立歌剧院，也就是森伯歌剧院，是一座意大利文艺复兴风格的伟大建筑，毫无疑问也是世界上最漂亮的歌剧院之一。

如今歌剧院惊艳绝世，剧院带门形窗户和弧形门厅的正面朝向广场中心，其上层的双圆柱使整个建筑显得和谐而有致。在侧面楼梯的壁龛中还存有完好的原森伯歌剧院的塑像，左侧为莎士比亚和索福克勒斯，而右侧则是莫里哀和欧里庇得斯。剧院的中部凸显着凯旋门式的中央门厅，上面是古希腊神话中的战车：酒神迪奥尼索斯和悲喜保护神，驾驭着黑豹战车，旁边的阿里阿德涅是他的陪同。战车之下的彩绘壁龛中有 3 个美丽女子的雕像，陪伴者为马稚亚斯和阿波罗。在中央门厅的两旁矗立着德国著名诗人歌德和席勒的塑像。剧院的顶层是向内缩进的，正面的窗户排列得整齐利落，仿古山墙所用的怪兽数量不多，只是在尖顶处放了一个具有象征意义的古琴。

歌剧院的内部设计体现的是经典的文艺复兴式风格，尽管装饰和雕刻不少，却显得雅致而不夸张。观众席的设计采用的是传统的剧院等级排座，使观众能最佳地体验环境与演出的和谐统一。夜晚，在剧院广场灯光的辉映下，森伯歌剧院显得极具浪漫而富有情调。

布吕尔平台被称为“欧洲阳台”，从那里近观远眺，易北河美景尽收眼底，还可以看到对岸的新城。

每年的 12 月，这里将有一项文化盛事——圣诞市场。它是德国最古老的圣诞市场，第一次在史书中记载是 1434 年，直到今天仍然是一个文化传统。在这里，游客可以尽情享用甜红葡萄酒、圣诞饼干和热栗子，当然也要品尝德累斯顿特产——圣诞果脯蛋糕。

数百年来，德累斯顿的面包师和糖果店一直致力于保护这里的蛋糕烘制传统。虽然制作德累斯顿果脯蛋糕的基本原料在数百年前就做出了明文规定，但德累斯顿近 130 家面包店和糖果店仍有各自的祖传秘方。德累斯顿圣诞蛋糕仅在德累斯顿及其周边地区制作而成，此乃萨克森州正宗美食的奥秘之一。

德累斯顿，一个从战争废墟中重新崛起的城市。它告诉我们：只要文化脉络还在，它就有生命，而且生生不息……

“瓦维尔龙”的传说

美好的传说，都有一样的好结局。

在波兰家喻户晓的瓦维尔龙，究竟是什么模样呢？如今，在离克拉科夫老城不远的瓦维尔皇家城堡下，面目狰狞、体型庞大的它吸引着络绎不绝的游客。每隔 3 ～ 5 分钟，从它的嘴巴里还会喷出熊熊火焰。逢旅游旺季，你总会看到一群群游客围在瓦维尔龙的塑像下面等待，只为一睹巨龙喷火的精彩场面。

据中世纪早期的传说，很久以前，在贯穿波兰的维斯瓦河左岸的瓦维尔山丘上，住着一位爱民如子、品德高尚的统治者——克拉克。一天，好几位臣民慌慌张张地来到王宫禀报，说每天夜里城中都会有许多绵羊失踪；后来发现，是一条恶毒的巨龙偷吃了他们的绵羊。然而，所有试图与恶龙搏斗的人，都葬身在龙的魔爪之下。

克拉克既震惊又愤怒，他决不允许在自己统治的领土上发生这样的事。正当他穿上厚重的盔甲准备与恶龙决一死战时，一位纺织匠毛遂自荐，说他有办法制服恶龙。于是，克拉克按照这位纺织匠的要求，给了他一只刚刚宰杀的绵羊。纺织匠把焦油和硫磺的混合物塞进绵羊的腹中，再用他精湛的手艺把绵羊肚皮缝合起来，还真是天衣无缝。

他们趁天亮之前把这只看起来似乎还活着的绵羊悄悄放在龙洞前面，接着躲了起来。只见恶龙看见绵羊后，毫不犹豫地把它一口吞掉。不一会儿，绵羊体内的焦油和硫磺发生了作用，恶龙便疼得满地打滚，一头扑入水中。只听“砰”的一声，恶龙被炸得四分五裂、魂飞魄散。作为奖赏，克拉克把自己美丽的女儿许配给了纺织匠。从此，瓦维尔山丘又重归安宁。

而今，每年6月初，当地的舞龙大游行，吸引着成千上万的人来观赏曾经令人毛骨悚然的怪物——龙。

在克拉科夫，瓦维尔皇家城堡和瓦维尔大教堂被认为是历史留给这座城市最美好的礼物，远远胜过许多美好的传说。因为，这是“眼见为实”的“美好传说”。

瓦维尔皇家城堡位于克拉科夫市中心附近，是波兰最古老的宫殿，是波兰的精神象征。从10世纪起就作为国王的宅邸，许多加冕仪式都曾在这里完成。11世纪成为波兰王室的寝宫，初建时为罗马风格，后受意大利文艺复兴的影响，扩建时吸收了文艺复兴风格。城堡兼具防卫和王室象征的作用。现在用作国家博物馆，设有皇家寓所、皇室珍宝、东方艺术、兵器展等极具历史和艺术价值的展览。庭院中可以看到民族英雄柯斯丘什科、毕苏斯基、教皇保罗二世等人的雕像。

毗邻的瓦维尔大教堂，位于维斯瓦河畔石灰岩山岗上，是瓦维尔宫的主教堂，是天主教克拉科夫总教区的主教座堂，也是波兰的国家圣殿。波兰历代君主都在这里进行加冕仪式，已有600多年。瓦维尔宫现为国家博物馆，在王宫东厅展出了历代名家油画、金银线壁毯、古家具、古兵器、国王衣饰用品等。

在克拉科夫，再美好的传说，再美好的建筑，都离不开克拉科夫人的薪火相传，离不开克拉科夫人对生活的热爱。

维斯瓦娃·辛波斯卡，波兰诗人、翻译家，她是第三位获得诺贝尔文学奖的女诗人、第五位获得诺贝尔文学奖的波兰作家，美称“诗歌界的莫扎特”。

这位与克拉科夫常年为伴的诗人，她留给人们的思考是：“让想存活的人存活／然后死去，一个接一个／云朵对这事／一点也不觉得奇怪。”在《云朵》一诗中，诗人用冷静而近乎残酷的语调这样写过死亡，她对死亡并不存在恐惧，也不会轻易发出悲悯和喟叹，就像面对张牙舞爪的恶龙，依然充满智慧、豁达和勇敢。其传达的正是一种克拉科夫人的人文精神。

曾经被描绘为恶兽的龙，已经被克拉科夫的纺织匠降服。而今，在克拉科夫，弃恶从善、演化为定时表演的“龙”，成为人们热衷观赏的对象。

诗人辛波斯卡虽然已经于 2012 年去世。她留给克拉科夫的人文精神，却是不朽的。

传说是美好的，现实不仅仅需要美好的传说，更需要美好的生活……

克拉科夫的琥珀

"松脂继续滴下来，盖住了原来的，最后积成一个松脂球，把两只小虫重重包裹在里面。

几十年，几百年，几千年，时间一转眼就过去了。成千上万绿翅膀的苍蝇和八只脚的蜘蛛来了又去了，谁也不会想到很久很久以前，有两只小虫被埋在一个松脂球里，挂在一棵老松树上。后来，陆地渐渐沉下去，海水渐渐漫上来，逼近那古老的森林。有一天，水把森林淹没了。波浪不断地向树干冲刷，甚至把树连根拔起。树断绝了生机，慢慢地腐烂了，剩下的只有那些松脂球，淹没在泥沙下面。又是几千年过去了，那些松脂球成了化石。"

这是德国作家柏吉尔《乌拉波拉故事集》里的作品，后来被引入改编为小学生的课文《琥珀》。

这篇课文用浅析的语言介绍了琥珀的形成。课文告诉我们：小小的一粒琥珀，它是几千年的历史缩影，是时间的结晶。

时间，是个魔方，几千年的历练，可以叫松脂变成了琥珀。

时间，又是个瞬间，几千年的岁月，凝固在其中的小虫，依然栩栩如生，仿佛在琥珀的世界里一动不动。不过，它的模样依旧，虽然它已经活过了几千岁。

这就是琥珀带给我们的启迪。

如果你喜欢琥珀，一定要来波兰"淘宝"，这里有白蜜、白花蜜、黄白花、金珀等各种种类的优质琥珀，最珍贵的是波兰琥珀的纯，是其他产地无法比拟的纯，浓厚的蜡质、抛光之后闪耀的亮黄色，让人目不转睛。其品质优良，同时性价比也很高。根据琥珀的大小、品种、成色不同而价格各异，小琥珀的价格相比中国市场，可以说是物美价廉。

为什么波兰琥珀这么迷人？其实不少琥珀是被波罗的海的波涛从海床中冲刷出来，又由风浪把海底的琥珀冲到岸上。特别是风急浪大的冬天，人们在冰冷刺骨的海水中寻觅着致富的宝藏。中世纪，波兰的琥珀加工业便达到了巅峰，创造出了无数精美绝伦的琥珀作品。人们把琥珀制作成各种日常用品，像首饰盒、珠宝、雕塑、鸟笼、杯子、勺子、烛台等，琥珀之风可是当时最流行的时尚风潮。

克拉科夫，波兰南方古都，文化、宗教和传统在这里相互交融，事实和传说在此处盘根错节，它是沧桑历史的见证。

大市场，位于克拉科夫主市场的中心，在 14 世纪时设立。1555 年大火之后，由著名建筑师杨·玛利亚·帕冬瓦诺重建，还建造了外墙的多边门庭。19 世纪，建筑师托马斯·勒林斯基用拱形图案装饰了大楼。大市场的门楼前矗立着波兰最伟大的诗人亚当·密茨凯维奇的纪念碑。

走近这座奶黄色的建筑，环绕着拱形的连廊，人们有的在细细品味这座建筑的每一个细部装饰，有的相约到屋里的商铺去购物。

大市场里，高挑的空间，两侧是首尾相接的商铺，绝大部分都是在出售波兰的琥珀。挂着的、摊开的，里三层外三层，密密麻麻，各式各样的琥珀工艺品，早已让你看花了眼。这里就是一个琥珀世界。

圣玛丽教堂的号声

“你知道，克拉科夫是个很古老的城市。我们的房子离市中心广场不远……圣玛丽教堂上有一个钟楼，很高，但并不敲钟报时，而是由真人站在栏杆前，吹号报时。晚上，那声音很美，有一种很悠远、忧伤的感觉，有些像巴赫管弦乐组曲中的号角声。这声音总让我想起神秘的古时候。”

这是美国作家威廉·斯泰伦创作的长篇小说《苏菲的选择》中第 19 节《我的小时候住在克拉科夫》中的话。该书在 1980 年获得美国国家图书奖。

其实，只要你到过克拉科夫，聆听过圣玛丽教堂上那洪亮而悠长的号角声，就会顿生一种悠悠的思古之情。

圣玛丽教堂是波兰克拉科夫的一座砖砌哥特式教堂，兴建于 14 世纪，位于中央集市广场，高 80 米，教堂内部装饰为哥特式、文艺复兴式和巴洛克式的完美结合。

圣玛丽教堂有两座高塔，双塔并不对称，分别为 81 米和 69 米，建于 15 世纪。塔尖上的金冠是 1666 年加上去的，代表当时波兰女王玛丽亚的王权。

圣玛丽教堂的两个高塔一高一矮。据说，是因为建造这座教堂的建筑师兄弟建造塔时互相竞赛，哥哥负责建造南塔，弟弟负责建造北塔，眼见哥哥快要完成，弟弟情急之下竟然把亲哥杀害，自己赶紧把北塔加建。但在封顶当天，弟弟却手执着杀害哥

哥的刀，一边承认害了哥哥，然后离奇地从塔上跳下来自尽，未曾完工的南塔也神奇地封顶。对此，有传闻是由超自然力量造成。多少年来，古老的教堂总是见证着数不尽的死亡与灾难，各种离奇的传说也从不间断。但号声依旧陪伴着岁月的嬗变。

塔楼也做钟楼，内有五口巨钟，一到整点五钟齐鸣，在很远的地方都能听到那悦耳的钟声。每隔 1 个小时，教堂钟楼顶部都会响起号角声，随之哀怨的曲调声戛然而止，以纪念 13 世纪的著名号手，他在蒙古人袭击城市时，发出警报，而被弓箭射中喉咙。后来，每个整点发出号声，成为波兰的象征之一，已经持续了几个世纪。现在，这个号角声由波兰国家电台向外播放。

从古代开始，在圣玛丽教堂塔顶就有吹号手日夜轮值，每个小时都吹响号角。同时，吹号手也是这座城市的守望者，他们的责任不仅仅是为了吹号报时，更是在高处观察整个城市动静，如哪里有情况发生，或哪里发生自然灾害、有外敌入侵等。吹号手在高处能及时观之，从而发出警报。因此，圣玛丽教堂双塔也是这座城市的瞭望塔，从而也成为这座城市的“守护神”。

中世纪，克拉科夫老城曾发生大火，幸得吹号手及时发现吹响了警报，但大火还是焚烧了1/3的老城。古时的克拉科夫，老城很多房子都是木头所建，一遇上火灾就会迅速蔓延，很难控制。由此可见，圣玛丽教堂自古代起就担负着神圣的使命。

教堂前面就是克拉科夫闻名遐迩的中央集市广场，有着浓郁的中世纪广场风情。13世纪，它已经是欧洲的名城，像巴黎和布拉格那样光彩夺目。广场上除了标志性建筑圣玛丽教堂外，还有纺织会馆。

克拉科夫是波兰最古老的城市之一，也是波兰故都。从古时起，这里就商贸发达，而老城最中心是市集广场，当时各国商贾都在这里完成交易。如果说瓦维尔教堂是克拉科夫的灵魂，那么屹立在中央市集广场边上的圣玛丽教堂就是人们的信仰中心。

而今，这座古老的教堂也已经不再孤独地俯瞰全城，曾经作为城市岗哨的号手，也早已更换了角色。但号角声依旧，因为，这是一种文化的传承。

圣玛丽教堂上的号声，悠扬绵长，久久回荡……

奥斯维辛的标语

还是那条伸向远方的列车轨道，但那绝不是出路，而是死路……

那座非常熟悉的红砖砌成的两层高的碉堡式的小楼，半圆形的拱门下，就是那条铁路的入口——里面是奥斯维辛集中营。

集中营黑色铁制大门的门楣上写着“劳动换取自由”。

纳粹用这样的口号来迷惑受难者，同时，掩盖其法西斯的暴行。看来，世界上还真有这样的无耻之徒，明明自己罪恶累累，却要伪装成自由的化身。

奥斯维辛集中营博物馆的展品让人触目惊心，那些种族灭绝的证据，包括受害者的个人物品、照片和文件资料等。因为画面过于血腥和悲惨，这里不允许 14 岁以下的儿童观看。

两个展览中心相距约 3.5 千米。在奥斯维辛 1 号集中营的信息中心，播放着关于解放集中营的纪录片，片长 15 分钟，这里还提供导游服务。1947 年 7 月 2 日，根据波兰议会提议，保留了奥斯维辛 1 号和奥斯维辛 2 号 - 比克瑙集中营。这两处在 1979 年被联合国教科文组织列入世界文化遗产名录。

世界文化遗产名录，不仅仅有众多令人赏心悦目的名胜古迹，也有如此令人发指的大屠杀集中营。奥斯维辛，本是骇人听闻的灭绝中心、世界上最大的墓地，其能够列入名录，说明了后人对遇难者的一种尊重和敬畏，更是保留一段真实的历史，以教育并告示天下。

走在那集中营的区域内，铁丝网无言，木板房无声，但一旁碧绿碧绿的野草却有情。这些野草，仿佛就是历史的见证人。“二战”期间，数以百万的无辜人在此丧生。在德国占领的最大纳粹集中营里，德国纳粹策划了种族灭绝计划，主要针对犹太人和波兰人。受害者不计其数，大约 28 个民族的 110 万人死于奥斯维辛－比克瑙集中营，其中大部分是来自不同国家的犹太人。

其实，这里的纳粹集中营，一共是两个营地。所谓的奥斯维辛 1 号集中区是主要的集中营，建于 1940 年。也用作囚犯劳动营，关押纳粹政权反对者和波兰主要精英。后来，纳粹还开始关押其他国家的囚犯。在恶劣的条件下，暴力和饥饿让囚犯身心疲惫。1942 年开始，该营地开始关押犹太人。

第二营地——奥斯维辛 2 号集中营，则是 1941 年夏，希姆莱选择奥斯维辛－比克瑙，作为大规模灭绝犹太人的集中营。在这个营地，一场阴险的计划在 1942 年春天开始实施。1942 年夏，纳粹开始建造 4 个大规模焚尸炉（2、3、4、5）。2 号和 3 号焚尸炉，分别配备了地下脱衣室和毒气室。4 号和 5 号焚尸炉完全建在地上。所有这些建筑都在 1943 年 3 ～ 6 月间建成使用。人们在难以形容的折磨、痛苦和屈辱中死去，当看到亲人死去时，更加剧了那份痛苦。

人们可能会认为，在这样一个地方还会有反抗吗?

曾经有不少电影反映了那段历史故事。其实，在现实中也是确有其事。

1940 年 9 月 19 日，唯一一个自愿进入死亡工厂的波兰士兵——维托尔德·皮莱茨基，就是一个传奇。他肩负着双重任务：在集中营组织抵抗活动，并收集有关种族灭绝证据的文件资料。为了完成这两项任务，他在这里经历了近 3 年地狱般的生活。1943 年 4 月 26 日，皮莱茨基成功逃脱了营地。

从囚犯们惨无人道的死亡方式，以及少数幸存者描述的生活惨状，可以发现两大集中营的种种暴行：那些数以千计的眼镜框、数百公斤头发和尸体上拔下的金牙等，令人震惊，这些是欧洲各地成千上万的犹太人留下的唯一遗物。

历史在这里凝固，历史为后人留下无可辩驳的证据。同时，历史告诉后人：珍惜和平，决不能让奥斯维辛的噩梦重演……

弗罗茨瓦夫之“梦”

“我在做梦，我觉得时间走得没有尽头。没有‘以前’，也没有‘以后’，我也不期待任何新鲜事物，因为我既不能得到它，也不能失去它。夜永远不会结束。什么事情也没有发生。甚至时间也不会改变我看到的东西。我看着，我既不会认识任何新的事物，也不会忘记我见到过的一切。”

这是波兰诺贝尔奖作家托卡尔丘在《白天的房子，夜晚的房子》中的话。

然而，作家的梦只是一个梦。但是，夜，总是在黎明前来到。

当年，根据《波茨坦公告》规定：德国、波兰和苏联等国的战后边界发生了重大的变动，战败的德国除了把现在叫“加里宁格勒”的那片领土割让给苏联以外，还被迫把奥得－尼斯河以东的10万多平方千米划归波兰管辖。

这就是弗罗茨瓦夫今天的归宿。

“欧洲有些地方总是会给地理和历史老师惹麻烦，它们的归宿变更使地图绘制者增加工作量。”波兰文豪、诺贝尔文学奖得主米沃什曾如是说。

弗罗茨瓦夫正是有此经历。

千百年来，这里的不同民族的灵与肉、血与火的交集甚至搏杀，留下太多的爱恨情仇。如今无数的伤痕早已成为一种社会遗产，留给这座城市的是其文化的“多样性”而已。

弗罗茨瓦夫是波兰最开放的城市，1945 年之前，它叫做布雷斯劳。当年，布雷斯劳因富裕、文明被称为“帝国的东方明珠”，同时，也是“第三帝国最后的堡垒”。“二战”后，布雷斯劳被划归给波兰，战前 65 万人口中占 95% 的德意志居民被迫迁移。

弗罗茨瓦夫，波兰一个最富有文化多样性的城市。而今，在弗罗茨瓦夫，建筑风格迥异，这里将文化的精髓深深地嵌入城市的一切。初来乍到，仿佛在一个德国的城市里一般，岁月可以改变城市的面容，城市可以改名换姓。但是，文化却为城市植入了永恒的基因。这恐怕就是这座城市最好的例证。

文化给这座城市带来了一切。文化是这座城市之“魂”。所以，这里既是多元文化兴城的例证，也是弗罗茨瓦夫之“梦”所在。

2019 年 12 月，弗罗茨瓦夫市政厅宣布：12 ～ 13 日，只要手持波兰女作家奥尔加·托卡尔丘克的作品，即可免费乘坐市内公共汽车和有轨电车。

原来，在授予托卡尔丘克“荣誉市民”称号的同时，弗罗茨瓦夫市政厅以这一方式祝贺本地居民托卡尔丘克获得诺贝尔文学奖。“我们希望本地居民分享这份喜悦。”

托卡尔丘克当年 57 岁，居住在弗罗茨瓦夫与捷克接壤的一座小村庄。托卡尔丘克获得过 2018 年度诺贝尔文学奖，她是当代波兰最具影响力的小说家之一，瑞典学院给托卡尔丘克的颁奖词为：“她用百科全书式的热情呈现了一种充满想象的叙事，代表了一种跨越重重边界的生命方式。”

她曾经评价道：弗罗茨瓦夫是“欧洲最美、最重要的城市之一”。难怪，她成了弗罗茨瓦夫最好的代言人，弗罗茨瓦夫将她视作城市之“魂”。

弗罗茨瓦夫，没有纠缠在历史的泥泞中，以她自己的方式重新崛起。

这里，还是引用托卡尔丘克在《太古和其他的时间》中的断论：“人给自己的痛苦套上了时间。人因过去的缘由而痛苦，又把痛苦延伸到未来。这样便产生了绝望。”

弗罗茨瓦夫，这座城市是否割绝了这种痛苦?

城市，它不会轻易来回答这个问题。它没有嘴巴，但它有一颗跳动的心。城市，它没有表达的面孔，但它有自己的感情。

弗罗茨瓦夫的“梦”，那是无数弗罗茨瓦夫人美好生活的梦。

“夜并非像人们所说的那样是黑暗的。夜本身具有较为柔和的光亮，这光亮从天空向山脉和谷地流散。土地也发光，它放射出一种凉丝丝而略带灰色的微弱的磷光，如同赤裸的骨头和粉尘腐屑发出的光。白天看不见这种微光，在明亮的月光辉耀的夜晚，在灯火辉煌的城市和农村也都看不见这种微光。只有在真正的黑暗中大地之光才成为可见的。”

托卡尔丘克这样来阐明黑暗与光明的关系，摆脱黑暗，迎接光明，这是一种社会规律。弗罗茨瓦夫何尝不是如此呢?!

弗罗茨瓦夫始终有着自己的“城市之梦”。

波兰古城的“小精灵”

在波兰古城——弗罗茨瓦夫，有着一群“小精灵”。其实，它就是一个个一英尺的小铜人。

20世纪80年代，当地青年为反抗暴政发起“橙色运动”，他们戴着锥形帽子化妆成“小矮人”的样子，在城市里举行集会游行，以表达自己对当局的不满。大家打扮成各色模样，穿着小丑服，或者戴着夸张的帽子，脚穿尖头翘履在城里大街小巷游荡，他们以这种行为艺术的方式来讽刺抗议。

后来，当地一位雕塑家冒出一个想法：何不创造一些古铜色的小矮人，让他们每一个都代表弗罗茨瓦夫历史的一部分或者这里的日常生活，然后把他们放在城市的各个角落呢？于是，弗罗茨瓦夫人开始在城市的各个角落摆放铜质的小矮人，以此纪念。此后，弗罗茨瓦夫老城里的很多街角、门旁、窗台、木椅旁、教堂前等都出现了“小矮人”。

“小矮人”成为这座城市里最小的居民，但它又是弗罗茨瓦夫最高大的形象。截至2020年年初，弗罗茨瓦夫已经建造了400多个小铜人。

在这里，寻遍大街小巷，形态各异的“小矮人”，足以表达一种文化，更是隐含着需要各人独自去理解的内涵。

那个弗兰克，一手拿着杯子，一手拿着一瓶酒，外形显得快乐、可爱，用疲惫的双腿轻轻地保持平衡。一顶帽子，上面写着

“弗兰克”，额头上顶着一只野鸡，充满生机和欢乐。他似乎在为新的一天干杯。

阿戈雷克，据说在艺术上很有天赋。他画画、唱歌和雕塑。难怪他留守在阿格拉文化中心附近，为城市带来一股文化清风。

皮奥特雷克，一个青铜铸成的矮人，守卫着弗罗茨瓦夫的一处城门。那是人们对守卫者的一种敬畏和纪念。

那个邮递员“小矮人”，据说还确有其人。他在波兰邮局工作，尽管科技进步，但“小矮人”还是喜欢保持传统。他们认为，邮票、明信片等是一种有着温度的交流方式。

科斯特克是一个非常快乐的“小矮人”，他拿着气球和包装精美的礼物到处跑。难怪，来此的孩子们都喜欢和他合影，因为，他是美好生活的使者。

随着“小矮人”队伍的不断扩大，“小矮人”更加贴近市民、贴近生活，许许多多的“小矮人”走进了弗罗茨瓦夫的大街小巷。许多是市民自发建造的，形象姿态各异且与时俱进，像拉小提琴的、骑摩托车的、做拉面的、打球的、坐在消防龙头上的、刚刚跳伞的“小矮人”等，五花八门，宛如一个城市里的一群“特殊市民”，日日夜夜同城市相伴着……

一家银行的门旁，一个大胡子的“小矮人”正在取款机前取款。一家冰激凌店的窗台上，一个“小矮人”嘴里吃着三个冰淇淋球，左手还举起一个冰淇淋，仿佛在招呼路人快快来吃冰淇淋，无声的广告，一目了然。

目睹着遍及城市的“小矮人”，他们活生生地生活着：有拿着迷你听诊器的医生，有推着小型独轮推车的园丁，还有帮同样大小的小矮人拔牙的牙医。有一个在旅馆旁边打鼾，两个在婚姻登记处门前接吻，还有 19 个在城市的音乐厅外演奏着小矮人交响乐。那个赤裸着双脚、在水边伏下身子的“小矮人”，处境危急，常常使人为之担惊受怕。

在一处窗台，一上一下两个“小矮人”，构成一幅无言的戏剧场景：一个小矮人在窗台上拽绳子，另一个小矮人在地上托举一个篮子，里面装着好几块蛋糕。短短一个片段，恰恰显示出当地人对普通生活的热爱和人与人之间的友爱感情。

今天的弗罗茨瓦夫也被称为“小矮人之城”，寻找“小矮人”的活动，已经演变成游客的一项旅游节目，还有人绘制了小矮人分布地图，引导游客去游览这座城市的各个角落。

其实，每个小矮人都有这平凡而又值得回味的故事，也许其中只有当地人才明白其含义；对游客而言，是在寻寻觅觅中去游览这座城市，体验一种乐趣。

然而，正是这个“小矮人之旅”，让游客接触到城市的普普通通生活，也使弗罗茨瓦夫在游客心中留下难忘的印象。这一点，弗罗茨瓦夫别出心裁，是成功的。

温哥华蒸汽钟叫了

在温哥华最古老的城区，在康比街与水街的交叉处，有座立式大钟，三四米高，半米见方大小。这就是闻名遐迩的蒸汽钟。

它是 1977 年由钟表匠雷桑德斯根据一份 1875 年的古老图纸，重新设计制作而成的。

钟的造型优美，青铜框架，镶着透明玻璃，鎏金的装饰，显得既古雅高贵又不失线条流畅明快，真是一件可圈可点的工艺品。

每到整点时刻，这里就会围聚着大批的游客，人们静静地等待着那个美妙的时刻。最为精彩的是最后 10 秒钟，素不相识的游客，黄头发的、金头发的、白头发的、黑头发的，来自五湖四海的人，都会以同一种语言：英语，倒数着十、九、八、七、六、五、四、三、二、一！“哇！”人们一齐惊呼，蒸汽钟发出振聋发聩的响声，回荡在沿街的高楼之间，像那驰骋万里的火车的欢快叫声，像那准备远航的巨轮告别码头的歌唱声，在街上久久不能散去。

蒸汽钟座下方的装置以蒸汽为动力，蒸汽推动汽笛，于是蒸汽钟，呜呜地鸣叫起来。蒸汽钟的顶端，四周的四个角和顶中间的尖顶，正好安装了五根汽笛管子，浓浓的蒸汽化作白雾，氤氲岚气，在蒸汽钟周围弥漫散开，又时而被微风吹聚到一处，隐隐约约，临近的古色古香的街灯和姹紫嫣红的花篮，时隐时现，仿佛在天上人间形成了一道独特的风景线。蒸汽钟发出“铛铛”的敲钟声，还会伴响像伦敦大本钟那样的旋律。

令游客耳目一新的是蒸汽钟的内部结构，钟锤、齿轮等透过玻璃框可以被看得一清二楚，无论它在滚动、摆动，还是在上下运动、平面转动，都一览无遗，人们可以通过蒸汽钟的内部运动，悟出一个道理：只有相互依偎、相互密切配合，才能成功。离开了蒸汽钟这个集体，哪怕你是黄金打造的质地，你也是一事无成，你仅仅是块黄金；而不可能成为对集体、对社会的有用之才。

温哥华蒸汽钟又响了……

尼亚加拉大瀑布威力

12000年前，最后一个冰川期的冰河开始逐渐消退，伊利湖水流淌而下，途中在尼亚加拉峭壁处陡然骤降11米，奔腾狂泻至下一个湖里，那就是今天的安大略湖，大瀑布由此而成。

当年的第一位“游客”就是汉内平神父，他曾经这样写道：“在安大略湖和伊利湖之间，有着巨大的水位落差，其降落幅度令人惊讶和震撼，在整个自然界是独一无二的。”

河水的千年冲刷，水滴石穿之功力显然易见，距汉内平神父于1678年第一次看到大瀑布以来，大瀑布已经后退了393米，平均每年1.5米。而今，侵蚀已减为大约每10年30厘米。尼亚加拉河的巨大冲击力，使河道大踏步地后退，形成的大瀑布更加蔚为壮观，这就是尼亚加拉大瀑布之谜的答案。

站在美国瀑布和马蹄瀑布从中分隔的山羊岛上，可以看得到边缘在婚纱瀑布的右边。然而，在加拿大这一边和美国的那一边来看大瀑布，各有各的味道，各有各的感受。

记得那一次，我们在美国水牛城旅游，特意赶来看大瀑布，朝阳从东方升起，一道道阳光投在彩虹桥上，桥体披上金色的外套，越发壮美无比。而大瀑布在朝阳的照耀下，波光粼粼，整个瀑布仿佛被洒满了金色华光。远处的大瀑布，像条白色的巨龙，发出隆隆响声，远远就能听到其震撼人心的呼唤。

我们坐上游船，穿上准备好的雨衣，慢慢靠近大瀑布。离其还有上百米时，大瀑布的响声已如同惊蛰的春雷，震天动地，让人心里也在发颤。再靠近些，氤氲岚气，迷迷糊糊，像是在水汽中一般，根本就看不清哪是山崖哪是瀑布，水汽弥漫一片。最惊魂失魄的时刻，游船像只汪洋大海里的小舢板，晕晕乎乎、悠悠忽忽、摇摇晃晃，一头扎进雾水中，尽管披着薄薄的雨衣，但人早就被水汽雾气和滴水淋湿了，我们个个像落汤鸡似的，却满脸悦色。当然，这节目只有在夏季才能安排。

不过，在加拿大这边的大瀑布游览，会感到美国那边的大瀑布景观似乎更壮美、更惊人。隔河遥望对面的大瀑布，无数条水线组成一长排水帘，由上而下，那奔腾的河水你挤我，我挤你，从高处跌落到崖下河边的石头上，叮叮咚咚，哗哗啦啦，石头好像炸开了锅似的冒着白烟、冒着白泡，河水再顺着石头的表面和缝隙，挤挤攘攘涌成白色的水流，倏忽间，被无比宽大的河面所容纳、所吸收，汇合成激流，向下而去。

势不可挡，一泻千里，可见大瀑布的威力无比。

图腾柱前的追问

在布拉德湾的一角有一个占地400公顷的斯坦利公园，这是温哥华作为最宜居城市的象征之一，也保留了当年新到此落脚的欧洲人所见的原始风貌。而这里的图腾柱则记录了早于欧洲人在此繁衍生息的原住民的生活。

这一古一今的强烈对比，这现代化的城市面貌和原住民的原生态文化，和睦共处，同享蓝天下的一片温馨。

这些高高竖立的彩绘柱子，曾经是那些印第安部落的图腾，如同欧洲古老家族的纹章。它是历史的延续和发展的见证，是传承文化之血脉。一根根图腾柱，经历了风风雨雨，见证了刀耕火种，表达了一代又一代人的期盼和祝愿。每一根图腾柱，都是一段历史。每一根图腾柱，都是对人们的追寻、向往、文明的记载。

高高低低、外观奇异、色彩缤纷，有抽象的，也有具象的图腾柱，大都表现的是印第安部落的宗教信仰，那些被雕刻和描绘在图腾柱上的图案，像乌鸦、狐狸、海狸、老鹰、鲸鱼和狼，还有印第安部落传说中的神鸟。可以想象，在原始时期，人们的文明程度很低、生产力水平很低，对大千世界的认知程度很低、对科学的了解程度也很低。所以，人们只有通过想象、通过精神寄托，来表达自己的一种欲望和期盼。

面对图腾柱，人们各有各的审美观，各有各的评判。

美术家为斑斓的色彩色块、画笔的构图线条倾倒，如此富于想象力的作品，历经沧桑而流传至今。

雕刻家赞叹其刀工的炉火纯青，光芒四射，无论是圆雕还是浮雕，都别具一格、造型别致，且充满生活气息又不失夸张诙谐，令人拍案叫绝。

那些社会学家，从图腾柱上看到的是原住民的社会生活结构与其宗教信仰，反映出当时社会的生产力同意识形态的矛盾。

有政治家却从中分析发现，图腾柱是对权力和制度的一种诠释。

今天，我们站在这些图腾柱前，追溯往事，得出一个结论：一个有理想、有信念、有追求的民族，是永远不会泯灭的。

站在中国城的牌坊下

温哥华的城中之城——中国城，是温哥华最古老的社区之一，是这座移民城市的历史记录者与见证者。

据记载，自 1858 年淘金热的兴起，华人就开始在此定居，此后因为修建铁路，使得华人人口激增，如今已达 10 万之众。此处自然而然形成了华人文化的中国城。

步入中国城，映入眼帘的是四根红漆立柱的三重牌坊，牌坊中间镌刻着“中华门”三个繁体汉字。花岗岩的圆柱，汉白玉的方形基座，示意着传统中国文化中的天圆地方，江山万代。整座牌坊高大宏伟，颇显气势，又颇具中国建筑特色，在温哥华别具一格。

瞧那蓝黄色的琉璃瓦屋顶，纵横交错的拱斗，富有中国建筑的特色。一眼望去，梁枋上苏式彩画争奇斗妍，尤其是从花式的繁简、用料的优劣、制作的粗细可见，不少是装饰等级较高的“上五彩”。苏式彩画枋心的“锦袱”，由梁底沿着梁的两侧向上裹起，形成带弧形边的图案。其轮廓用青、绿色作退晕，像是如意云头，非常漂亮而有吉祥之意。那栩栩如生的“龙凤呈祥”惟妙惟肖，仿佛是五彩缤纷的另一个世界。

中国城，这是温哥华华人心中之城。当年，孙中山为推翻清王朝的封建统治倡导国民革命，曾来此募集捐款。后人为纪念他，还修建了一处中山公园。

当然，在中国城里，最多的就是华人的店铺，满街的繁体中文字广告和招贴，满街是充满乡音的中国话，满街是黑头发黄皮肤的华人，在这里几乎可以买到任何中国商品，特色食品、中草药材、古董瓷器、服装百货等一应俱有。最令人兴奋的是，这里的饭店风味一应俱全，你要吃什么地方的家乡菜？粤菜、川菜、鲁菜、京帮、徽帮、苏扬帮，连涮羊肉都可以品尝到。各式中国地方的小吃，更是价廉物美，深受游客青睐。难怪，这里就是个华人大世界。

国会山是个旅游景点

在渥太华河的石灰石峭壁上，耸立着一座绿色尖顶的新哥特式建筑，其中间是高高的钟楼，左右两侧是对称的裙楼。远远望去，大气雄伟，象征着加拿大人对自由的向往。

作为第四大城市，无论从城市规模还是国际知名度看，渥太华都比不上多伦多、温哥华和蒙特利尔。但独特的文化个性、优美的城市风光、闲适的生活情趣，使渥太华不仅受到加拿大人的钟情，还成为各国旅游观光者向往的城市之一。

映入眼帘的是一座70英尺高的花岗岩大拱门，上端是象征和平自由的青铜雕像，还有纪念第一次世界大战的战士雕像。这是国家战争纪念碑。

我们一行人在深秋夕阳西下时匆匆赶来。穿过一条车水马龙

的大街，从铁栅栏的围墙边走过，由敞开的大门进入，首先看到的是个燃烧的火炬台，用于纪念那些为国捐躯的先烈。游客们纷纷在此拍照留念。

通衢大道的前方就是国会大厦。这座建筑是以英国议会和新威斯敏斯特宫为蓝本，设计师竞相采用诺曼式、威尼斯式等风格，建筑细节丰富，雕塑造型怪诞，内部装潢精美，有的彩绘玻璃是加拿大的花朵，有的中楣上刻着加拿大的动植物，还有反映“一战”的壁画。

国会山麓的国会大厦是渥太华著名的建筑群，中央有陈设着加拿大各省标志的大厅和一座高 88.7 米的和平塔，塔顶有个带着 53 个铃铛的钟琴。据史料，1915 年大厦曾遭火焚，翌年开始重建，1927 年竣工。难怪，现在的大厦建筑的一些窗台、外墙处还留有当年失火后火燎烟熏的痕迹。

在国会山的后方，沿渥太华河的山坡上的几座雕像在秋风中巍然屹立。

极目远眺对岸的城市建筑、桥梁和层林尽染的森林，夕阳的余晖洒遍河水，整个河道就像金色的港湾，美极了。

国会山，成为游客的观光景点，随意在里面游逛拍照。对我们游客来说倒是个新鲜事。

总督府里的友谊林

加拿大总督府，位于渥太华的东北部，在离国会山不远的伊士斯特维尤镇洛克立弗公园南面，当地人都喜欢称它为丽都厅。

自 1867 年加拿大联邦政府成立以来，此处是历届总督的官邸。1952 年，加拿大人温森特·马西被任命为加拿大的总督，从此丽都厅开始了一个新的起点，就是加拿大总督在加拿大本土产生，而以前的总督则是英国女王从英国派遣。

导游带着我们游览总督府，起先我们以为他开玩笑。不一会儿，他把车开到总督府的花园式围墙边上，停下车，便领着我们大摇大摆地走进总督府的大铁门。门口那保安老外朝我们笑笑，算是打个招呼了。原来，这里是开放式的绿地公园。

偌大个绿地公园，几条小路在又高又密的森林里不规则地延伸。

巨大的枫叶树，最讨我们这些游客的喜欢。导游介绍，枫叶树有好多品种，有的树叶是红红的，也有黄黄的。做枫糖的是另外一种枫树。于是，导游领着我们去一一寻找不同品种的枫叶树。我们在浓密的树林里看到，有的树干很粗壮，需要两三个人合抱才能把树围住。当然，这里还有橡树、银杏树、海棠树、核桃树、山毛榉等。其中，以橡树、银杏树和枫树为多。

据说，总督府前有一片树林，人称“友谊林”，是有特殊意义的。自 1906 年阿瑟王子在这里栽种了第一棵红橡树以后，每每有到访的贵宾，便安排在这里种树，这已成了总督府的一项荣誉活动，这也象征着国家和人民的友谊和合作。可见，加拿大人对绿树是多么富有感情。

“咱们国家的领导人李先念、江泽民等，也曾先后在拜访总督府时栽种过中加人民友谊树。”导游告知。我们便分头寻找，满是树木，又没有方向指示牌。我们只能去寻找每一块铜牌。原来，每棵树下都插着一个特制铜牌，上面标明着：何年何月何日由哪国领导人栽种。

“我们找到了，这是李先念当年种下的树。”在一棵粗壮的大树下，我们仔细阅读着铜牌上的解说词。目睹这棵大树，它与周围的绿树一样，平平淡淡，没有任何特殊的防护，也没有特殊的标记。它和周围的绿树一样，融汇在这片绿色的世界里，为大地奉献着新鲜氧气，为公园奉献着一片翠绿。接着，我们在一处并不显著的绿树群中找到了江泽民当年栽下的树，依然郁郁葱葱，油亮的绿树叶子，在微微秋风的抚摸下，频频向我们致意，好像在欢迎我们这些远道的家乡人。

这里，还有历届加拿大总督与世界许多国家领导人共同栽种的友谊树。

导游介绍，每年夏季，占地 32 公顷的总督府就像一座大花园，前来参观的、度假的，络绎不绝，热闹非凡。除了传统的皇家仪仗队的换岗仪式外，这里还举行各种各样的消夏活动。这里就是渥太华的著名旅游景点，且是免费的。

我们穿过大草坪和大树林，沿着小道来到深处的总督府。这座丽都厅，是一幢三层灰色建筑，外观上非常普通，就像渥太华城市里到处可见的老建筑，但不乏庄重和威严。正面的三角楣上，雕刻着许多图案和花纹，显得精美无比。门厅前的大圆喷水池，没有喷水。据说，当丽都厅的门前只悬挂加拿大国旗时，表示总督今天不在此办公，如若同时悬挂总督旗和加拿大国旗，则表示总督今天在此办公。

我们一看，异口同声道："今天，总督没有在此。我们就告辞了！"说着，大家发出会意的一笑，笑声久久地留在丽都厅前……

皇家山上看蒙特利尔

蒙特利尔曾经是加拿大的第一大城市，后来，此桂冠被多伦多摘走。但蒙特利尔还是世界上第二大法语人口城市，仅次于巴黎。

蒙特利尔坐落在圣劳伦斯河中的小岛上，所以，登上那皇家山制高点，远眺那些保持着北美大陆上最优美的教会建筑和充满国际大都市气息的风貌，两者交相辉映，构成传统与时尚交相呼应的独特城市景观。

深秋，我们信步爬上位于市区中央的皇家山。

山脚下，满眼皆是浓浓密密的森林，因为天气已经转凉，山上的树叶五颜六色，色彩斑斓，宛如画家手下的油画一般，深绿的、浅绿的、淡黄的、艳红的、褐黄的、咖啡色的，组成一个花花绿绿的世界，美不胜收。不时，几只小鸟啾啾地叫着，在路旁草丛里欢快雀跃。不时，又有几只调皮的松鼠，跳跃其间，生机盎然。最惹人喜爱的是那黄红枫叶，将整片整片的林子染得像火烧云般，分外妖娆。秋风四起，红浪阵阵，从天边滚滚而来，又相拥而去，一望无际。

这座山丘虽然不算高，但是因为紧依着蒙特利尔市区，山上有一座庞大的公园，视野非常好，从山顶往下眺望，圣罗伦斯河和高楼大厦林立的市区景致尽收眼底，所以成为当地居民休闲的好去处，并且也是观光客必到之处。

来到山顶，一大片开阔地，是个瞭望平台。俯望，不远处那鳞次栉比的高楼大厦，纵横交错的街道，还有那圣劳伦斯河秀丽的姿容，一览无遗。观景山庄是观赏市区的最美角度，极目眺望，错落有致的大厦，巨大的玻璃幕墙上时而飘过朵朵云彩，高耸得像是钢筋水泥筑成的城市森林，其间镶嵌着星星点点的绿地，为大都市平添几分绿意。波光粼粼的圣劳伦斯河上，那一座座造型各异的桥梁，点缀在群楼之间，为两岸搭起川流不息的通道。

美哉，皇家山。美哉，蒙特利尔。

多伦多人的自信

多伦多是个无比自信的城市。当年，他依靠自己的信心和努力，后来居上，超过了蒙特利尔，成为加拿大的最大城市。

多伦多的自信，从 CN 电视塔便可一目了然。

CN 电视塔，从 1976 年起，它就成为这个安大略湖畔城市的标志。

它曾经是世界上最高的独立结构建筑物。据说，当时建造电视塔仅仅是为了改善电视接收信号。后来，有智者建议，在顶层建造瞭望台，使之成为观赏城市风景的好去处。

当我们站在镶嵌着玻璃的快速电梯里，透过明亮几净的玻璃，可以清晰地看到城市一景，而电梯却在一层一层往上飞跃一般，景色也随着电梯的升高不断地改变，最终到达“一览众山小”的境地。

在 346 米高的瞭望台上，透过玻璃，沿着圆形的室内步道，环绕一圈，东西南北，风景各不相同。

在秋日艳阳下，城市一片阳光灿烂，错落有致的现代化大楼，尽在电视塔的脚下一般，棋盘似的大街小巷，如同小虫爬行的车辆。这个时候，我们惊叹人类是多么的伟大，虽然我们的身高一般都不会超过两米，但人类的智慧可欲与天公试比高。我们又感悟到，每个人是多么渺小啊！在摩天大楼前，我们又显得多么矮小纤细。

我们走出室内，来到室外眺望点，那是用玻璃和钢架建造的。因为是全透明的，所以当游客踩在玻璃地板上，就能从上到下、从左到右，尽情观赏旖旎风光、万千气象。我们站在这座玻璃透明的瞭望点上，朝脚下一看，还真有点头昏目眩之感。人悬在半空中，就像离开了地球一般。这个时候，我们才感受到，脚踏实地是多么踏实、多么心情放松啊！

再坐内部电梯，来到 447 米高处，这是一个叫“天舱”的地方，也是当时世界上最高的城市里的人工瞭望所。据说，天气晴朗时，可以看到 160 千米远的地方。

在电视塔上，我们目睹着多伦多的天上人间，被多伦多人的自信所折服……

贡比涅的偏爱和巴黎的新起点

蒙蒙细雨中，我们按图索骥，出巴黎朝西北方向行车 1 个小时，来到了被旅游书称为“森林公园”的贡比涅。

这是一个小镇，车在狭小的道路上穿行于高高围墙之间，看得出，这里保留了许多老建筑。森林，我们并没有看到，但来到了一座宫殿前。方知这里曾是拿破仑的一处宫殿，现为一家拿破仑纪念馆。

我们等候着，有三四十人时，纪念馆安排了一个法语导游带着大家走进宫殿一侧的木门，随之用钥匙将门反锁好，我们便随着导游边走边看边听，就这样一个房间一个房间参观听讲。我们的中文导游简单介绍道：贡比涅是法国君王制时建造的最后一座宫殿。路易十五时着手兴建，路易十六时也没完工，后被卷入法国大革命。玛丽·安托瓦妮特曾按个人喜好精心安排窗帘、家具，但都没入住就被送上断头台。拿破仑一世后来重新修建了这荒废的宫殿，拿破仑三世时，迎来此黄金时代。宫殿里全是拿破仑色彩，深红色壁布上带“N”徽标的装饰，反映了拿破仑的嗜好和偏爱。

贡比涅是那些王室的偏爱，但他们却无力回天，宫殿也是为他人作嫁衣裳。

耳畔刚刚还停留在历史的回声中，我们又辗转来到了巴黎的新起点——拉德芳斯。

拉德芳斯，巴黎副都中心。那座高约几十层的20世纪的凯旋门——大拱门，格外令人瞩目。

这“门”型的庞大建筑，是很摩登的现代化大楼。联想到通过这“门”，眺望远处香榭丽舍大街的凯旋门，难怪，不少人称之为新凯旋门。法国人喜新不厌旧，那座1806年奉拿破仑之命而建的凯旋门，如今保护得依然灿然如新。不过，法国人并未故步自封，100年后又建起了新凯旋门。此“门”非同彼“门”，完全是超时代的地标性建筑，一直被人传颂。

大拱门，巴黎的新起点。而今这里早已是一座欣欣向荣的新城。

法国人没有局限于凯旋门，而是着眼于“门外之门”，因此，他们开启了新的“门”。看来，能不拘老“门”，善于寻找新“门”，这才能有“门”。

“游”向四方的美人鱼

美人鱼的故事，源自安徒生的童话，被传遍全世界。而在哥本哈根，有个“美人鱼”的旅游景点，那是游客到此必“打卡”的地方。

1813 年，时年 8 岁的安徒生在奥登塞市剧院观看了场“魔幻歌剧”，这是他第一次接触美人鱼。那次演出的是由奥地利人费尔迪南德·考尔斯在 1798 年编撰的浪漫喜剧《多瑙河姑娘》。安徒生后来回忆，尽管他只能听懂很少几个德语单词，但他依旧被这部歌剧深深吸引。回到家里，他把母亲的围裙披在肩上，玩起了他就是剧中人奥尔布勒特骑士的游戏。他躺在一把凳子上，学着多瑙河姑娘游泳的样子。他的母亲被吓坏了，以为他一定是中了邪。

奥登塞市是安徒生孩童时期成长的地方。奥登塞河穿城而过，这个富于幻想的男孩早年就从中汲取了丰富的灵感。除了河里的鱼、虫令他趣味甚浓，安徒生还被河人的传说所吸引。白天当太阳的光辉射入河水中时，河人便去休息睡觉，而当星星和月光布满夜空，他便出来活动。多年后，安徒生写下童话《钟渊》，讲的就是河底深处河人居住的地方。

1836 年 5 月，安徒生开始认真构思关于美人鱼和她的海底生活的童话，决定将这一童话及其主人公起名为“小美人鱼”。

安徒生知道，《小美人鱼》不同于他以往的童话，为了让孩子们能够从童话中得到乐趣，他将童话《小美人鱼》和《皇帝的新装》一起收在《讲给孩子们听的故事》里出版。

草稿完成后不久，安徒生写信给他的朋友、作家英格曼说，《小美人鱼》是为数不多的在创作过程中让自己动情的作品。他说：我与我的角色们感同身受，与他们同悲同喜。任何一次悲伤或喜悦都让我动情不已。

足见安徒生对小美人鱼的钟情与希冀。

1837 年，童话《小美人鱼》出版；1909 年，同名芭蕾舞剧上演。丹麦著名啤酒商雅可布森决定建一尊美人鱼雕像，以纪念安徒生的童话。于是，他约请雕刻家埃里克森操刀主持。

雅可布森向芭蕾舞演员普瑞茜要了她的照片，并让她摆出小美人鱼的坐姿，头上插着一些海藻。普瑞茜感到受宠若惊，但她又认为一位皇家芭蕾舞团的独舞演员是不应做裸体模特的。

倒是埃里克森 29 岁的妻子成了美人鱼雕像的模特。埃里克森曾到佛罗伦萨进行 6 个月的考察，从他的小美人鱼的面部表情上能够看到爱情女神维纳斯和阿佛洛狄忒的某种神态。

1910 年春天，埃里克森完成了首版美人鱼雕像。这是一个由黏土做成的较小型的雕像。长堤岸边的小美人鱼雕像于 1913 年完工。

100 多年来，小美人鱼雕像依然安坐在哥本哈根港。她早已成为哥本哈根的形象大使，如同巴黎的埃菲尔铁塔、伦敦的大本钟和纽约的自由女神像，人们把那温文尔雅的美人鱼雕像视为爱好和平和童话般的丹麦的代名词。

然而，针对小美人鱼雕像的恶行时有发生。

第一次是在1961年，她的头发被染成了红色，同时还被套上了白色的三角裤和内衣。两年后，她的全身被泼上了红漆。1964年4月24日，小美人鱼的头部被锯掉。

在20世纪70年代，小美人鱼多次遭涂抹油漆。1984年7月，失去了右臂，那是被两个年轻人在醉酒时锯掉的。两天后，他们决定将手臂交还警方。这座残缺的雕像再次被重新安上了手臂。几天之后，美人鱼又重新回到长堤。

1990年8月，又有暴徒企图锯掉她的头，但没有成功，只被锯开了一个18厘米长的口子。

2003年9月，又有人企图破坏小美人鱼。午夜两点左右，从长堤传来一声巨响。小美人鱼全身伤痕累累，腿部伤情尤为严重。经过数月的修复，美人鱼再次回到长堤旁。

然而，美人鱼虽然屡遭劫难，但早已深入人心，成为丹麦人的一种文化，更是一种美好的象征。

其实，在丹麦还有形态各异的美人鱼雕像。像埃里克·考尔特和汉斯普劳斯创作的小美人鱼沙石雕像，1949年立于奥登塞市动物园。那座坐在珊瑚礁上、双手拿着一条鱼的小美人鱼雕像，是雕刻家尼尔斯·汉森·雅可布森1901年制成时石膏版雕像，现陈列在瓦伊恩市艺术博物馆。在斯卡晏博物馆的花园里，那个小美人鱼雕像是由阿克塞尔·洛克于1936～1937年创作的。埃里克森在长堤的小美人鱼雕像是从艾伦·普瑞西在1909年芭蕾舞剧中的表演中汲取的灵感，同样洛克也是从女独舞演员乌拉·鲍尔森在1935年的芭蕾舞中主演的小美人鱼得到了启示。还有彼得贝克用一块高4米、重14吨的花岗岩雕刻成的美人鱼。

同样，美人鱼也被复制到世界上许多地方。在泰国南部的宋格拉、加拿大温哥华、美国的加利福尼亚和康州等地。值得一提的是，在华特·迪士尼的墓地，也竖立着一尊他自己定制的小美人鱼雕像。他生前对美人鱼的故事颇具好感，曾经想以此制作一部动画片，因“二战”而搁浅。直到他去世 20 年后，迪士尼公司才将此搬上银幕，总算完成了他的一个夙愿。

美人鱼，从童话“游”向世界。美人鱼的童话反映的爱情、离别、牺牲、痛苦、追求、奋斗、济世、孤独、解脱和灵魂不灭等观念及价值观，深深地教育并哺育了一代又一代人。由此，美人鱼才能走向世界，被大多数人所接受而成为大众的偶像。

美人鱼，是安徒生童话的代表，是丹麦人的象征，也是一切追求幸福的人的精神寄托。

歌剧外的白马酒店传奇

萨尔茨卡默古特作为历史最悠久的地区已经有7000年的历史。1997年12月，这里被联合国教科文组织列入世界文化遗产名单。悠久的历史，绚烂多彩的建筑，天人合一的自然环境，它成为我们期待的旅游“秘境”是当之无愧的。

这一地区被游客誉称为奥地利的“三大小镇”。

其中，圣沃尔夫冈小镇南靠沃尔夫冈湖，北接沙夫山南麓，掩映在层层叠叠的翠绿之中。据说，电影《音乐之声》开场中那醉人的湖光山色，正是此地的风景之一。

秋日的上午，导游与外籍司机商量后，建议我们专门去游览圣沃夫冈小镇，因为那是个游客稀少的地方，尤其是一般的中国旅游团都不会安排的线路与景点。当然，我们需要每人另加50欧元。

圣吉尔根与圣沃夫冈，依山傍湖，隔湖相望，宛如人间仙境，美不胜收。从圣吉尔根小镇坐游船，沿圣沃夫冈湖去圣沃夫冈小镇，感受湖光山色的迷人风采。

游船沿着圣吉尔根小镇出发，静谧的小镇，唯独我们这些中国游客带来了欢笑声，惊动了几只水鸟，振翅而去。

据说，圣吉尔根被沃尔夫冈湖旅游局评为“莫扎特村”。虽然莫扎特从来没有到过圣吉尔根，但是这里是他的外婆家，他母亲出生在镇子里，后来莫扎特的姐姐也嫁到此地。如今的小镇上保存着他外婆家的房子，建筑墙面上绘有莫扎特和其母亲及姐姐的油画肖像和浮雕等。这里现已作为莫扎特纪念馆。

游船载着我们这些中国游客，缓缓地朝圣沃夫冈驶去，一路仿佛就在画中游，满目青翠欲滴，湖面上波光粼粼，不时泛起层层涟漪。

眺望着碧波荡漾的湖岸，翠绿丛中出现一座白色方柱形建筑，屋顶却是古铜色的尖塔，这不同色彩对比之下，十分耀眼醒目，其乃圣沃夫冈教堂。传说在 1100 年前，一个叫沃夫冈的人到这个地方来修行。一天晚上他在梦中受到神谕，让他用手掷斧，在斧头落下去的地方建造一座教堂。沃夫冈忠实地执行了神的旨意，于是有了这座别具一格的教堂。而今，当地人坚信，只要虔诚地在教堂里对圣人参拜，心中的愿望就可实现。教堂外面有右手持斧头权杖左手捧教堂的大型木雕像，正是传说中的圣人沃夫冈。历史没有忘记这样一位圣人，他留给后人的一份遗产，历久弥新，人们永远铭记着……

充满传奇色彩的白马酒店，坐落在一个风景如画的地方。这里是圣沃夫冈的中心，紧邻沃夫冈湖畔，依偎着沉静巍峨的萨尔茨卡默古特山脉，500 多年来都是款待奥地利贵客的好地方。

闻名遐迩的白马酒店，整栋建筑都是鲜明的猩红色配以乳白色的门窗，然而门头上方的一匹白马奋蹄跃起，栩栩如生，成为整个建筑的画龙点睛之笔。这里曾是茜茜公主下榻的酒店，建筑立面的第二层与第三层之间，猩红色的墙面上描绘着一段白色的五线谱，据介绍，这是一部轻歌剧的主题音乐。墙面上还留着一行文字：“住在沃夫冈湖畔的白马酒店，幸运就会停在你的门

前。”可见，酒店是如此别出心裁，让你由此浮想联翩。这是多么温馨的意境、多么浪漫的所在！

据说当年有人根据白马酒店里发生的一个浪漫爱情故事创作了轻歌剧《圣沃夫冈湖畔的白马酒店》，描写了酒店女主人和她的领班以及医生之间的浪漫爱情。1930 年贝纳斯基为该剧配乐后，使其在柏林、伦敦和百老汇演出，并都大获成功。此后《沃夫冈湖畔的白马酒店》使世界知道了沃夫冈湖的浪漫，也使这个小酒店声誉鹊起，名扬海外。据说，如今这里宾客盈门，需要提前一年才能够预订到房间。想必当年的作者不曾想到浪漫爱情故事远比广告更具魅力。

不过，有人说这个白马酒店早已不是当年的建筑，而是在 20 世纪 70 年代重新建造的。其实，人们不在乎这个建筑是否“原配”，而是记住了它曾经的美好而浪漫的故事。

沃夫冈湖畔的白马酒店因同名歌剧享誉全球，但这座传统的酒店并不满足于过去的辉煌而止步不前，相反，在 Peter 家族的管理下，白马酒店这一传奇不但没有褪色暗淡，反而被赋予了全新的定义。

歌剧外的白马酒店，何至于是一个浪漫故事？它是人们心中的一种记忆，也是一种寄托，更是一种期待……

漫步于小镇，临湖而建的房屋，随着山坡的高低起伏，错落有致，别有风情。小屋的大坡顶，配以各式各样的窗户和阳台，倒影在清澈的湖面上，隐隐约约，宛如一幅幅逼真的水彩画。这里的小屋大都在两层到四层之间，间夹着葱茏绿色，感受着扑面而来的圣沃夫冈湖的清风，令人心旷神怡，流连忘返。

圣沃夫冈，不仅仅有美景，更因为有了像白马酒店这样的浪漫故事而流传至今，俘获了无数人的心。它就是人们心底自然而然生成的人间仙境……

小镇，来自天堂的礼物

“来自天堂的礼物——玛利亚采儿”，这是进入奥地利玛利亚采儿时公路门楼上的标语。

这里是欧洲最负盛名的朝圣之地，一座拥有 850 年历史的圣城。这里有世界上最大的圣诞花环、由 1000 千克真正的蜂蜜姜饼做成的高达 5 米的圣诞饼屋、令人身临其境的耶稣诞生场景和玛利亚采儿的天使邮局。

2007 年 9 月，教宗本笃十六世在奥地利最重要的圣母朝圣地——玛利亚采儿，主持了庆祝玛利亚采儿圣母朝圣地建立 850 周年弥撒大典。

玛利亚采儿海拔 870 米，处在群山中，被一片一片的松林和陡峭严峻的大岩石所环绕，四周山峦起伏，景色优美宜人。如果是淫雨霏霏的天气，可以见到朵朵云雾缭绕在山麓之间，游来荡去，真有一种虚无缥缈之感。因为 800 多年前，这里发生了一件奇事，玛利亚采儿朝圣地和小镇才诞生。

据说，当年有一位名叫马格纽斯的本笃会会士，受圣兰博托隐修院院长派遣，到这个地区传播福音。他随身带着一尊高 49 厘米、椴木雕刻的圣母像。途中遇到一块巨石挡路，行不通。这位隐修士便呼求圣母帮助，忽然间巨石劈开为两半，道路得以通行。为了纪念这一奇遇，这个地方修建了一个简陋的小圣堂，供奉马格纽斯所带的这尊圣母像。玛利亚采儿的“采儿”这个字就是小小简陋的圣堂的意思。昔日的小圣堂就是今日这个朝圣地圣殿原来的地址。也有说，为了感谢圣母玛利亚的显灵相助，马格纽斯定居于此，在村里传教并建起了教堂，村庄小镇也由此得名Mariazell（英文：匣中的玛利亚）。

在玛利亚采儿，与玛利亚显灵有关的传说可不止这一个。在马格纽斯之后，有中古王室夫妇前来拜谒神像的治好了绝症之说；有军队受玛利亚之助在此大败土耳其人入侵之说；还有谁家奶牛不产奶，拜了玛利亚就奶源滚滚这样的说法，等等。几百年来，玛利亚采儿渐渐声名大噪，成为天主教徒心目中圣母玛利亚显灵的朝圣之地。奥匈帝国的几任皇帝女王都曾来此朝拜，兴建教堂，赠予珍宝。上一任教皇也曾在其任内到访于此。当然也不乏数以几十万计的普通民众前来朝圣。在小镇中心和教堂里可以看到不少携登山杖、背登山包的旅者，其中有不少头发花白的老人。

阿尔卑斯脚下的朝圣小镇，虽有玛利亚显灵庇护，但历史上的几次大火和土耳其军队入侵，使得小镇数次损毁又数次重建，最终劫后重生。

当我们行走在高低起伏的坡道上时发现，小镇的几十家商店最为吸引人。其中有一家特制药酒的店，这家店世代出售自制草药酒，草药全来自阿尔卑斯山里，独此一家别无分号。还有一家特色面包店，各种各样的面包、蛋糕和糖果，五彩缤纷，格外诱人，尤其是传说中马格纽斯的干粮蜂蜜黑麦面包，总会给人留下无尽的遐思，所以，成为招牌产品。

而今的玛利亚采儿，不仅仅是个朝圣之地，更是一个旅游胜地。因为，天堂就在这里，这是人们心目中的天堂……

战争湾里没有硝烟

战争湾位于新西兰的奥克兰，是奥克兰地区的著名景点之一，这里是每一个到新西兰旅游的人都会选择去的地方。在这里他们不仅可以欣赏到最美的景色，还可以了解当地的历史，所以这里一直都是游客十分喜欢的地方。

平静的港湾却拥有一个不平静的名字——战争湾。战争湾位于奥克兰区，是当地人经常扬帆的地方。

钩沉大洋洲历史，其本土并没有发生过大规模的战争，战事也很少，与其独特的地理条件和立国时短有关。“二战”时战火曾蔓延到大洋洲，日本军国主义占领过大洋洲的巴布亚新几内亚，其飞机和潜艇还几次袭击澳大利亚海岸线上的达尔文和悉尼等地；早些时候，西方殖民者与大洋洲的原住民为争夺土地发生过战争，如 19 世纪中叶历时 30 年的新西兰土地战争；还有土著部族之间的战争。

得天独厚的地理位置，使之远离战争的影响。可以说新西兰发生战争的次数在历史上是屈指可数的，但却都是在战争湾发生的，就像它的名字一样，名副其实的战争之湾。

而今这里是奥克兰的一个海湾。沧海桑田，满目都是和平的阳光。在这儿，无论是谁，不出半小时，就能置身于美丽的海滩、远足步道以及众多迷人的假日岛屿中。加上阳光明媚的天气、波利尼西亚文化背景，还有美酒佳肴和购物天堂，这幅画卷就是新西兰五彩都会——奥克兰的真实写照。

据说，新西兰的土著毛利人将此地称作“塔马基马考劳”，意即“拥有倾城之姿的女子”。将一个城市比喻为倾城女子，这恐怕还是有点意外。但，她就是人们心中的美人。

至今奥克兰仍保持着全球数一数二的生活品质，不负其经久美誉。在《美世全球生活质量调查》中奥克兰排名第三，曾经还被《经济学人》选入世界十大宜居城市之列。

如今的战争湾，硝烟早已散去，这里的海湾景色十分迷人，站在海湾边上你可以享受到最舒适的海风，极目远眺海湾之间航行的船舶，尤其是风帆林立的游船码头，还有在天空与海水之间任意飞翔的水鸟，这如同一幅水彩画，展示在我们眼前，令人陶醉。

难以想象，当年这里曾经硝烟弥漫，战火纷飞，有过一片腥风血雨的战争气息。面对这些，相信这会让你百感交集，更懂得和平生活的弥足珍贵。

战争湾，它告诉我们只有远离战争，人类才能成为命运共同体。

感受着战争湾的海风，我们浏览了奥克兰城市景观，便来到郊外，那是一个花园式的工厂——新益美集团，这是一个集科研与生产为一体的企业，专门以牛初乳、黑蜂胶等健康科技产品为主。导游介绍了几个样品，游客们摩拳擦掌跃跃欲试，总想为亲朋好友带上一份来自新西兰的“礼品”。其实，这就是一份心意而已，权作是奥克兰的一份馈赠……

奇异果之“奇异”

克伦威尔曾经是淘金者的热土，而今，却盛产水果，尤其是新西兰奇异果、樱桃等，闻名天下。

克伦威尔位于邓斯坦湖岸，它有一副现代城镇的模样，但是它的历史可以追溯到很久以前那个狂热的淘金年代。20 世纪 80 年代，克伦威尔经历了一场大的变革，小镇的一部分在修建克莱德大坝发电站的时候被水淹没，如今还保留着旧金矿遗址包括班脑克伯恩和本迪格，在那里你可以发现矿工村舍废墟。

今天，克伦威尔主要的产业是水果种植，如果在夏季来到这里，你会难以抵御路边水果摊的美味诱惑，克伦威尔特产的夏季鲜果，无论是酸甜可口的杏子，还是黑红多汁的樱桃，每一种水果都无比美味。

经过路边一座巨大的水果雕塑，来到一个由五彩缤纷的水果组成的店面前。水果的清香扑鼻而来，色彩鲜丽又新鲜的水果，令人垂涎欲滴。

据介绍，从瓦纳卡到皇后镇的 6 号公路，从一条山谷中穿过。这里阳光充裕，气候温暖，非常适合水果生长。为此，这里整个山谷中都种植着各种果树，还有成片的葡萄园。所以，山谷中的小镇克伦威尔也被称为“水果小镇”。

导游介绍，这里最受赞誉的水果之一，是个儿大味儿甜的樱桃，但成熟的季节是盛夏。

7 月的时节，这里已是初冬，不过，那些便于收藏的水果还是非常丰富多彩的。进入小店，里面完全是一个斑斓炫目的色彩世界。展台和墙柜里摆满了各种美色可餐的新鲜水果，还有用水果加工的各种果干等。房间里飘散着各种水果混合的香甜气味，十分养眼和诱人。

商店货架上或者摊铺上陈列着的水果已经称重包装，大小分量不等。门口货箱里甚至地上都摆着一大包一大包的苹果，一袋有 10 公斤，才几个纽币。

小店营业员有几个还会中文，不停地打招呼："这个奇异果又大又甜，非常好吃！"

的确如此，这里的奇异果比我们平时看到的要大一倍，一个等于两个，而且一盒四个人民币才 20 多元，于是，张口就品尝起来，嗬！真是汁多又甜，太好吃了！顿时，引来众多旅友竞相购买。

在回去的大巴上，大家纷纷讨论起奇异果的话题。为什么国内的猕猴桃不够甜？不是说新西兰奇异果还是源自我们中国的吗？这个"儿子"到了新西兰却比"老子"还有出息？七嘴八舌，各抒己见。

一查资料，果真如此：猕猴桃起源于中生代侏罗纪后期至第三纪中新世前期。经过自然的演替及物种的进化逐渐形成了以中国为中心，南起赤道、北至寒温带的自然分布格局。中国作为猕猴桃属植物的原始起源中心，拥有丰富的猕猴桃物种及种质资源。猕猴桃属有 54 个种、21 个变种，共计 75 个分类单元，除了白背叶猕猴桃和尼泊尔猕猴桃分别起源于日本和尼泊尔外，所有的猕猴桃均起源于中国，中国有52个种，73个分类单元，我国是名副其实的猕猴桃属植物的分布中心。

1904年，新西兰女教师伊莉莎贝尔·弗雷瑟从湖北宜昌带走一小袋猕猴桃种子到新西兰，交给托马斯·艾利森，再交给其胞弟苗圃商人亚历山大·艾利森。亚历山大·艾利森将种子培育成树苗并将这些种子转给了另一位苗圃商人，此人将种子培养成树苗。从那以后，从这批源于中国湖北宜昌的种苗中陆续选育出了海沃德、布鲁诺、艾利森等品种，这些品种的选育使新西兰猕猴桃产业迅速发展。几十年后，这里的猕猴桃产业逐渐称霸世界。

新西兰的“猕猴桃”祖先原来在中国的宜昌，100年前，它像那些华人淘金者一样，漂洋过海，在新西兰那个“不毛之地”生根发芽结果。也许，它的天性正是与华人一样，能够吃苦耐劳，能够适应任何艰难困苦的环境，最终成为他乡的“有用之才”。这大概就是猕猴桃的“奇异”之处。

据说，猕猴桃当初在新西兰并不叫奇异果。它有各种各样的名字：猕猴桃、中国鹅莓、甜瓜等。后来，有人给它起了一个神奇的名字：“奇异果”，英文为Kiwi fruit，然而，Kiwi本是新西兰的国鸟，具有“奇异、神奇、神秘”等意思。

聪明的新西兰人具有文化的包容性，不排斥外来的植物及水果，只要能为我所用，何尝不可呢?！更有创意的是，给“猕猴桃”等同于这里的“国鸟”待遇，给予它如此之高的地位及荣誉，这种地上长着的“奇异之果”，被赋予新西兰的文化意义，新西兰将它视如已出一般，最终成为新西兰的一种文化符号。

难怪，早些年，奇异果登陆中国大陆之初，绝大多数国人则以为是新西兰的本地土特产！

当然，奇异果也在新西兰不负众望，适应着当地的气候和环境等，在多种因素的培养下，超越自己的“祖先”，成为新西兰的一张名片。

猕猴桃正是这样反哺于新西兰，这恐怕也是它的奇异之处！

箭镇，一个淘金梦

新西兰的箭镇，人称“淘金小镇”，也是一个活生生的古定居点，有许多故事要向世间讲述。但最令人感兴趣的话题是——淘金者。

箭镇是新西兰最风景如画的定居点之一，坐落在箭河畔，一度是淘金热的现场。小镇保持着它的历史特色——有 60 多幢经修复的 19 世纪建筑。虽然，这里还有可能从河里淘到金子，但对当地人而言，淘金的日子早已一去不复返。淘金，已经成为历史，现在成为当地的一项游乐项目，最多是给游客增添几分寻宝的快乐而已。

淘金，从艰难的谋生到休闲快乐，这上百年的历史浓缩于此，唏嘘之余，让人惊叹箭镇的巨变。

从箭镇的故事，让人联想到《淘金记》。这是查尔斯·卓别林 1924 年的作品，此片可谓他艺术水准最高的作品之一，也是他本人最钟爱的一部作品。

《淘金记》讲述了一批贫困人士为了改变自身的命运，前往环境恶劣的美国西部去淘金。许多人失败了，不是被狂烈的暴风雪天气吓倒，便是缺乏坚定的意志让自己留在这片土地上。而小个子流浪汉夏尔洛不畏艰险，留在了阿拉斯加，并且遇上了一系列有趣又惊险的事。最后，他幸运地成了百万富翁，并且抱得美人归。

这又是一个完美的故事结局，似乎落入俗套。当年的淘金者中能有多少人有此好运呢？这个比例，在淘金者的群体中，可能不会很高。但是，“是金子总会发光的”。泥沙俱下，金子毕竟是极少极少的。大浪淘沙，金子有可能被留下、被发现。

淘金者，在无数的砂石过后，终于寻觅到金子，这也够幸运的。同时，在无数的淘金者被厄运淘汰之后，幸运且又降临到幸存者身上，方能成为淘金者大军里的“金子”。

箭镇的历史，也阐明了这样一个道理。

2014 年，据澳洲《星岛日报》报道，新西兰历史最悠久的华人家族，徐肇开的后人，决心要运先人的遗骨返回广东番禺安葬。

徐肇开何许人也？原来他最先到美国旧金山淘金，之后转往澳大利亚，还在墨尔本开商店，1869 年转往新西兰南岛。经过百多年的发展，其家族现有约 600 名后人。徐肇开家族在新西兰的“生根发芽”，可以说是华人在新西兰百余年历史的一个缩影。回首华人在新西兰的“安家”路，是一段跨越一个半世纪，在逆境中拼搏、从屈辱中翻身的坎坷历史。

从淘金到安家，这是许多华人淘金者的梦想，也是他们筚路蓝缕的缩影。

据有关资料显示，新西兰最早一批华人来自广东，1865 年踏上南岛奥塔哥地区的土地。那一时期，在淘金的吸引下，一些华人或东渡加拿大，或南漂新西兰。然而，能够衣锦还乡的只是凤毛麟角。由于疾病和贫困，许多人客死异乡。

为了让同胞落叶归根，1883 年，新西兰知名华商徐肇开出资运送 230 名矿工遗骨回国安葬。1901 年，徐肇开本人不幸去世。次年 10 月，他的儿子租用英国蒸汽货轮“文特诺”号，打算运送包括其父在内的 499 名华人遗骨回家。

不幸的是，“文特诺”号在新西兰西海岸触礁受损，返航途中沉没。据说，有 33 具华人棺木被冲上海滩。当地的毛利人发现后，把尸骨和棺木埋在附近一座山丘。从此，那座山丘得名“华人山”。

当我们在箭镇的淘金者历史保护区看到那些茅草屋，看到那些淘金者的遗迹时，为他们当年那种极为艰难困苦的生活环境所震撼，也为他们的自强不息置之死地而后生的不屈精神所折服。

淘金者如此活着，想必他们都有一个美丽的梦想。因为淘金梦成为他们生活的勇气和力量；因为淘金梦成为他们对明天的期待和盼望。有梦想，总比没有梦想要有盼头；有梦想，总算还有一丁点儿的希望所在。

如今的箭镇，早已无金可淘，真的是成为一个“梦”。但他们还有追逐中的“淘金梦”……

“魔戒小镇”的“魔力”

“历史成为传说，传说成为神话。”这是《魔戒》里的一句金句。

在新西兰，格林诺奇天堂之旅，似乎也成为游客们心中的传说和神话。

格林诺奇坐落于瓦卡蒂普湖北岸，距皇后镇仅45分钟车程，是通往众多远足步道和魔幻中土世界的门户。

格林诺奇这座淳朴的小镇是名副其实的户外爱好者天堂。小镇坐落在本土山毛榉森林和巍峨高耸的山脉环抱之中，周边从来不乏精彩之处，颇有几分神秘感。

蔚为壮观的风景令格林诺奇成为电影大片的首选拍摄地，好莱坞导演深深钟情于格林诺奇周边景观。据说，《魔戒》三部曲中的艾辛格、洛丝萝林和阿蒙汉都在附近取景。其实，《魔戒》三部曲、《纳尼亚传奇》以及许多广告片都在此大量取景。随着充满田园气息的农田渐渐被山毛榉森林所取代，适合步行与徒步旅行的多条世界级优美步道，就坐落在格林诺奇小镇脚边。领略摄人心魄的绝美山色，探索气势磅礴的原始森林……这里已经成为“魔戒迷”与摄影爱好者的梦想之地。当你驰骋在世界十大最美景观公路之一的格林诺奇大道，欣赏瓦卡蒂普沿湖风光，探访迷人的格林诺奇小镇，你定会沉醉于天堂谷纯净无瑕的自然之美，心早已不知归路！

格林诺奇还有一个更为人知晓的名字——“魔戒小镇”。这里之所以出名是因为新西兰大导演彼得·杰克逊拍摄的《魔戒》三部曲和后来上映的《霍比特人》，其中的大量场景都是在此拍摄的。因此，格林诺奇还被称为是最具有“中土世界”气质的地方，人称：来此能体会到100%纯净的新西兰。

由此，一部大片成就了一个原先默默无闻的小镇，而且，其本身的镇名似乎被人淡漠，而“魔戒小镇”却成了其如雷贯耳的“镇名”。

“魔戒”如何有此这般“魔力”呢？

电影《魔戒》的背景为一个虚构架空的世界，是一场正邪较量引发的长篇故事，而拯救世界的危险任务则落在年轻的哈比族人弗罗多·巴金斯的身上。影片根据托尔金畅销全球的经典小说《魔戒三部曲》改编，并以三部曲的方式拍摄。导演彼得·杰克逊是个“魔戒迷”，早在开拍前六七年他就开始筹划《魔戒三部曲》的拍摄工作，光编写剧本就花费了3年。作为一部魔幻电影，《魔戒三部曲》的电影特效是拍摄过程中最引人关注的。影片运用各种传统方法和电脑特效，将原书中充满神秘色彩的奇幻世界展现在观众眼前。

还记得10多年前，第一次接触到电影《魔戒》时的感受吗？是否有仿佛被带入一个神奇世界的感觉？是否随着护戒远征军，好像自己也进行了一次漫长而跌宕起伏的冒险旅程？

爱屋及乌，这往往成为人们一种感情的自然流淌，更有甚者，造就了一个“魔戒迷群体”。同时，一部大片的成功，自然而然将影片中的有关人物或者场地等推向更广泛的范围，使之成为“明星”。《魔戒》为格林诺奇作了最好的广告，使其从深山闺阁之中走出，又吸引了更多的“魔戒迷”和游客的涉足。

《魔戒》正是这样“捧红”了格林诺奇。

距离《魔戒》的首部问世，10多年过去了，《魔戒》系列的“魔力”似乎从来没有结束过，就好像书中的主人公虽然远去海外，飘然离开中土，但却始终留在“魔戒迷”的心中……

因为，格林诺奇还在，那里有个“魔戒小镇”。无论是“魔戒迷”还是一般的游客，当你踏上这片“魔幻”的土地时，真有一种“梦回中土，传奇永存”的感受。

这不仅仅是传说，也不仅仅是神话。这是“魔戒小镇”的“魔力”所在……

银蕨叶之光

毛利人是"唐加塔环努瓦"（即大地之子），是新西兰的原住民。1000多年前，他们从神秘的故乡波利尼西亚的哈瓦基来到了这里。如今，毛利人占新西兰总人口的14%，他们的历史、语言与传统是新西兰独特个性的中心。

来到罗托鲁瓦，这里因沸腾的泥浆池、喷涌的间歇泉和天然温泉以及迷人的毛利文化而闻名于世。

罗托鲁瓦地处环太平洋火山带，这个地热奇境有着汩汩冒泡的泥浆池、蒸汽云以及多个可供享受的天然温泉。

来到罗托鲁瓦华卡雷瓦雷瓦毛利村，这里是一个集毛利文化、地热活动和文化传统于一体的神奇世界。独特的"活火山地热村"将为你提供陪同游览、文化表演、探寻大自然的无穷奥妙的机会，了解当地人如何与这片独特的土地和睦共处。还可以观看每天两场的毛利文化表演，欣赏精彩绝伦的歌舞节目。可以与当地的手艺人交流互动，跟专业的织工学习亚麻编织的技巧。此外，你还可以尽情品尝传统的地热石窑大餐、烤饼和烤玉米，让味蕾焕发新生。

这里的华卡雷瓦雷瓦地热，令人叹为观止。

在蒂普亚，景区内的波胡图间歇泉每天喷发次数多达20次，高度超过30米，是华卡雷瓦雷瓦地热谷举世闻名的景点。华卡雷瓦雷瓦地热保护区集许多温泉奇景于一身，区内烟雾弥漫，擎天水柱倾泻而出，蔚为奇观，成为罗托鲁瓦的最佳地标。

令人啧啧称奇的是，新西兰国树——银蕨树，在这座火山地热公园内如此茂盛生长，让人感觉很神奇。看来，银蕨正是适应了火山地热的环境，两者互为映衬。

原来，在新西兰毛利人的传说中，银蕨原本生长在海洋里，后被邀请至森林中生长，以指引毛利人。过去的毛利猎人和战士借助银蕨银闪闪的树叶背面找到回家的路，只要将其叶子翻过来，银色的一面便会反射星月的光辉，照亮穿越森林的路径。

银蕨被认为代表着新西兰的民族精神，是新西兰的国花，这种独特的新西兰标志被佩戴于人们胸前，或被用作产品和服务标志，是荣誉的象征。

银蕨，这是新西兰的一种特有文化，因为，她的银光，是新西兰人的智慧之光、文明之光、生命之光！

海豹捕手的意外之获

你知道吗？世界上的峡湾，80% 在挪威，20% 在新西兰。一个是北半球，一个在南半球。相隔万里，却有异曲同工之妙。

新西兰米尔福德峡湾，曾经是一片“穷山恶水”之地，第一个给这处峡湾命名的人是来自威尔士的海豹捕手——约翰·古鲁诺，他用自己出生地给它命名为米尔福德避风港。另一位海豹捕手——唐纳德·苏瑟兰德在这里建了 3 个茅草屋，也就是所谓的“米尔福德市”，并且在 1890 年，筚路蓝缕，重新打通米尔福德步道。

一个所谓的城市，就是这样起步的。其实，这里就是一个生机勃勃的峡湾。

米尔福德峡湾，位于塔斯曼海东部，毛利语的意思为“第一只野生画眉”。是新西兰南岛西南部峡湾国家公园内的一处冰河地

形（峡湾形成于冰河时期）。米尔福德峡湾是新西兰峡湾国家公园最大也是最著名的峡湾，河流向内陆延伸22千米，峡湾水面与山崖垂直相交，冰川被切割成V字形断面。峡谷下沉后就形成了现在的景观，让人不得不感叹大自然是如此神奇。

从米尔福德峡湾游客中心出发，一路上会欣赏到壮丽的波文瀑布、辛巴德峡谷、米特峰、铜岬、仙女瀑布、新娘面纱瀑布、海豹礁等，你将有机会近距离观赏野生的海豹和各种各样的海鸟，如果运气不错的话，还能看到宽吻海豚、小蓝企鹅和鲸鱼等野生动物怡然自得的神态。

饱览米尔福德峡湾美景最佳的方式就是游船巡航。观光船缓缓驶出米尔福德峡湾的码头后，可以看到，在右手边是高度达160米的波文瀑布，风势强劲时，瀑布的水花会飞溅到码头上。在瀑布的对面是一座小沙石堆，称作小墓地，这是当年生活在附近的捕鲸人和海豹猎手的长眠之地。

这个被群山环抱的宁静峡湾收纳了环绕着它的一切美景，在水面上投下完美倒影的米特峰、落差160米的波文瀑布、仙女瀑布、新娘面纱瀑布、斯特林瀑布等，一到下雨后，满山瀑布飞流直下，颇为壮观。

尤其是斯特林瀑布，其从151米高处倾泻而下，是尼亚加拉瀑布高度的3倍。然而，这只是米尔福德峡湾第二高的瀑布。作为电影《金刚狼》的拍摄地点之一，斯特林瀑布拥有极高的知名度。影片中的休·杰克曼就是从这里的悬崖上跳下来的。

继续往前开，左边就是高高耸立的米特峰，直接矗立在海面上。另一边则是狮子山和象山，名字十分形象。

不远处就是岬角，这里是峡湾最窄的航道，风大的时候从山间穿过，风势惊人，在此形成的风力可以高达每小时 100 哩，游船经过，就能感受到凛冽的海风在脸颊上刮过。

从游船这里可以看到世界上从海底直接矗立起来的最高的山峰之一——主教冠峰。

当船只前行来到仙女瀑布时，船头接近碰到瀑布的正下方，如此近距离地观赏瀑布，的确罕见。

戴尔角，这是米福峡湾的入口，出了戴尔角就是塔斯曼海了。在米福峡湾常年可以看到新西兰软毛海豹爬上海豹礁向你炫耀。

最后，从船上眺望塔斯曼海，之后船只会慢慢地掉头重新驶进峡湾，一趟峡湾游船之旅就基本完成了。

告别米尔福德峡湾，为它纯粹的美丽而深深倾倒，这颗璀璨生辉的宝石，真正诠释了何为清透翠绿，还有那郁郁葱葱的雨林、高耸的冰川蚀刻山峰、飘逸在山崖的瀑布湍流、星罗棋布的湖泊和憨态可掬的小海豹们，谁能不爱上这个迷人的峡湾呢？

米尔福德峡湾，“在这个珍贵的世界一角，高山和峡谷争夺着彼此的空间，这样的规模几乎让人难以理解，这里的降雨量以米为单位计算，而这里的景致更是让人无法不为之动容”。《峡湾国家公园的故事》一书如是说。

有人曾将米尔福德峡湾描述为“世界第八大奇迹”。其神奇之处在于：当从外面的洋面上看来，看不见隐蔽在山峰后面的峡湾，库克船长曾经两次航行经过都未发现峡湾，是那位捕捉海豹的猎人发现的。

偶然之中有必然。约翰·古鲁诺的脚步踏入，并由此发现这片神奇的峡湾。唐纳德·苏瑟兰德，则在此以茅草屋起家。

现在的游客，在享受着米尔福德峡湾的迷人风光时，想必没有几个人能够知晓这两位海豹猎人的名字，然而，却记住了米尔福德峡湾这个旅游胜地。

约翰·古鲁诺和唐纳德·苏瑟兰德，这两位海豹猎人与米尔福德峡湾同在。只要峡湾在，他们的名字也会在，因为他俩的英名早已被镌刻在峡湾的山山水水之中……

新西兰羊的尾巴

40 多年来，无以数计的游客纷纷来到爱歌顿农庄，只为一睹由天才动物们带来的闻名遐迩的精彩表演。

爱歌顿休闲农庄是新西兰最佳旅游景点之一。农庄牧场面积为 350 英亩（135 公顷），是新西兰面积最大的观光牧场。爱歌顿农场属于私人所拥有，由两个家庭共同管理。

若要体验独一无二的“纽西兰农场生活”，最佳去处非罗托鲁瓦的爱歌顿农场莫属了。游客在这里可以喂小羊、小牛和其他

家畜家禽，还可以去牧场秀观看现场表演。

爱歌顿农场始建于1971年，占地160公顷，在栏1200只羊和120头牛。来新的游客在此可亲身体验农场生活。

进入爱歌顿农场，需要乘坐观光拖拉机拉着的观光车，每车都配有一名讲解员，有中文可选。坐上观光车出发，一路上会看到成群结队在路边悠然吃草的奶牛、绵羊等。观光车会在一片空旷的草地上停下，届时附近的绵羊都会闻风跑过来将你包围。每位游客可以免费领取两大把的羊饲料，亲手喂一喂这些可爱的小羊羔。

在车上，因为观光车的两侧都是敞开的，座位也低，所以，便于游客同车下的动物接触。这时，游客可以一边欣赏农场内的田园风光，一边观看身边奔跑嬉戏的小动物们。当萌萌哒的羊驼、鸵鸟、小鹿等被你手中的食物诱惑而靠近时，游客可以伸出手来与它们亲密接触。

农庄主知道游客最喜欢同羊驼玩耍。当观光车来到羊驼区，就会让游客下车去喂食。高大的羊驼有着十分温顺的性情，你可以尽情与它们互动合影。

毛茸茸的羊驼长相囧萌、生性温顺，是曾经风靡一时的网红，最受游客尤其是孩子们的喜欢。好新奇，一对大眼睛忽闪忽闪，嘴巴慢条斯理地咀嚼着什么，偶尔还会对着游客来一个傻傻的憨笑，你能抵挡得住这般可爱的微笑吗？游客们见之，随之回报以一阵阵朗朗笑声。游客里有胆大的，索性用手去抚摸羊驼身上那毛茸茸的毛发，仿佛在帮助它梳理一般，这下；小家伙可乖了。不过，羊驼们天生羞涩胆小，一有响声或者动静，它便悄悄地扭头离去。

之后，观光车来到猕猴桃园，在一座白色的帐篷式屋子里，导游请游客品尝新西兰最醇正的猕猴桃果汁或葡萄酒，以及农场自己生产的蜂蜜。若适逢每年五六月的采摘季节，游客还可以亲手采摘并且品尝新鲜的猕猴桃和樱桃等水果。

突然，有人发现这里的羊都没有尾巴，游客们都颇觉稀奇：为什么呢？大家纷纷猜起缘由来。导游揭开谜底：原来，为了排便方便，小羊出生后不久就被剪去了尾巴。这倒是第一回听见！

一查资料：那些羊是不是无尾羊的品种，生来就没有尾巴呢？其实不是，是因为羊生下来后，牧场的主人给其做了手术，把尾巴割掉了。新西兰人割掉羊尾巴的目的是为了保证羊毛的质量。据说，羊屁股附近的羊毛是整个羊身上最好的。如果有了羊尾巴，羊尾巴不断地晃动拍打羊毛，尤其是当羊尾巴沾上羊的粪便之后，就会使得那儿的羊毛质量大大降低。当然，为了减少羊的痛苦，给羊割尾巴时一般都会给其实施麻醉。

然而，动物保护主义者对此大声疾呼：剪尾法纯粹是对动物们的虐待，既然我们说热爱动物，那就应该要热爱它们的全部，接受它们的一切，而不应该将人类的商业利益强加到动物身上，让它们承担痛苦。

新西兰羊的尾巴该怎么办呢？

水晶：火与水的结晶

如果说瑞典也有一颗高冷的水晶心，那它就在斯莫兰省的水晶王国。

斯莫兰省水晶制造的历史可以追溯到 18 世纪，几乎所有的瑞典知名水晶品牌都来自这里。在斯莫兰，水晶玻璃工厂遍地开花，顶峰时期达到数十家。

它包括了斯莫兰省东南部的艾玛博达、莱塞博、尼布罗等几处，有 10 多家规模不一的水晶玻璃工作坊在这里的森林里。

有资料说：瑞典南部的斯莫兰地区被称作水晶王国，源起于这里的两座村庄——科斯塔博达和奥雷弗斯，貌似不起眼的村庄却创造出世界知名的水晶品牌，销往全球各地。奥雷弗斯自 1898 年成立以来，所有透明水晶艺术品和水晶酒具均为手工打造，深受瑞典皇室的青睐，是诺贝尔奖的官方供应商。科斯塔博达始创于 1742 年，它拥有精湛的工艺和杰出的设计，其风格充满激情，勇于创新，魅力非凡。

我们慕名来到叫科斯塔博达的地方，这里历史氛围浓厚，周围都是原始森林。其既是镇村的名字，也是享誉国际的设计品牌。走进那座小镇，也就是进入了该品牌的生产基地。据说，这是斯莫兰省最古老的玻璃作坊，也被尊为瑞典玻璃工业发源地，19 世纪以来就训练出许多技术熟练的吹制工人。1742 年，当时县郡长官 Koskull 与 Stal 在此成立首座玻璃作坊后，不少冶炼设施其实是源自原本的炼铁业；而“科斯塔”这个名字，就是由这两位创立人之名组合而成。

目前，水晶王国几乎每个村镇与玻璃作坊都有自己的专属设计师，不断与研发部门推出新品，科斯塔当然亦不例外。

来到这里，参观正在进行生产的工作坊。走入科斯塔由红砖砌成的挑高工作坊，你会发现这是个极为独特的世界，一个火与水融洽合一的国度。不论严冬还是酷暑，工作坊里始终如一，热火朝天，这是磨砺火与水的地方。

我们在工作坊里参观，目睹工匠们把火炉里加热的半液态半固态的红色玻璃火球拿到工作台上，熟练地翻动滚动、吹气，使之成为一个适当大的泡；再一手握吹管，另一手持工钳夹住玻璃管的尾部，在吹气的同时拉伸玻璃管和转动主吹管，拉卷出所需的造型。

工匠师傅不时用嘴巴对着手中的空心操作杆一端吹气，随之，工匠又左右手配合，轻轻地拉出形状，手隔着隔热砂布帮助水晶玻璃球塑型，或者用特制的大剪刀剪玻璃，或者加入其他色彩的水晶玻璃，正是这样不停地加工，以打造富有艺术特色的水晶玻璃制品。

我们看得眼花缭乱，但工匠的动作却始终如一，不徐不疾，张弛有度，每一道工序都掌握好精准的时间，恰到好处，一气呵成。

他们真像变魔术似的，一个独特的水晶玻璃艺术品就此诞生了。

导游告之：熟练的技术是玻璃与水晶工业重要的竞争力之

一，然而，独特的设计感才是真正吸引全球收藏家与游客千里迢迢来买瑞典水晶工艺品的关键。

据说，这里生产的水晶器皿工艺高、艺术性强，闻名世界，尤其是这家科斯塔博达，则更注重形状、颜色及功能，诞生了一大批艺术玻璃制造大师。

火与水造就晶莹的水晶玻璃艺术品，而当地的水土则造就了水晶王国的传奇。

原来，玻璃可以被吹薄得像肥皂泡泡一样，真是奇了！因为，没有火，何来水晶玻璃的熔化和变化；没有水，何来水晶玻璃雏形的定型和未来？

火与水，为水晶玻璃植入了灵气，更使之具备了美之魂！

浪漫、华美的温莎堡

温莎堡堪称世界上最富有浪漫情调的城堡。这是 17 世纪英国作家塞缪尔佩皮斯的话。

温莎堡由征服王威廉一世始建于 11 世纪末。先后作为 39 位君王的住宅，是大不列颠群岛历史最悠久的皇家宅邸。

近千年的发展，有四位君王为这座古堡留下了特殊的印记：

征服王威廉一世，他最初建造了城堡，规划出温莎堡的轮廓和范围。当年，人工垒起的土丘被堡垒用作地基，壕沟环绕着城堡的外墙，这是温莎堡的基础。12 世纪末，这里开始用石料重

建外围的防御工事。

爱德华三世，以宏伟壮观的哥特式风格重建温莎堡，在上区修建了数套王室寓所。爱德华三世因英法百年战争而被称为“勇士国王”。他斥资5万英镑将这军事要塞改建为哥特式的宫殿。后来，重建了俯视方庭的长排房屋、国王寝室、圣乔治厅和透过17扇高大拱形窗户的皇家礼拜堂，以及入口处一对塔楼。

查理二世，在位时整修温莎堡，作为他的主要行宫。将中世纪建造的上区改建为巴洛克式的宫殿。在古老的防御城墙上凿出高大的圆顶窗，为国王和王后修建了住所，设立卫兵室、接见室、私人间、客厅、大小卧室和密室。这里随处可见的昂贵织物更突出寓所的华美奢侈：华盖和卧榻装饰着金银线刺绣的穗状缘饰天鹅绒，墙壁上挂满了查理一世收藏的艺术品。

乔治四世，为了与城堡建筑的浪漫主义理想保持一致，恢复了温莎堡的外部，而且对这座古建筑的内部进行了华丽的装修和奢侈的陈设布置。将外墙恢复成原来雄伟的城堡外观，增加哨塔和城垛，加高圆塔，新建一条168米的回廊。还添置了最新潮的陈设，大多是法兰西最流行的样式。还通过拍卖行和代理人采购大批古典家具、壁挂和青铜器。

乔治四世给了国家公寓一个新的宏伟入口和楼梯，加上了巨大的滑铁卢厅，庆祝1815年拿破仑·波拿巴的失败，并在城堡内新建了一套私人房间，即半国家房间。

半州式客房是为乔治四世设计的私人公寓，其内部装饰由莫雷尔和塞登装饰，家具和配件选自乔治四世在伦敦的前住所卡尔顿大厦。这些房间是城堡内部装饰最为华丽的房间之一。

乔治四世喜欢精美的物品，喜欢戏剧。在他的建筑师杰弗里·怀特维尔爵士的帮助下，他在 19 世纪 20 年代对城堡的外观进行了彻底的改造，使其具有了今天所见的浪漫和如画的外观。他还决定在城堡的东面和南面建造一套新的私人房间，包括宏伟的深红色客厅。这是乔治四世最后一次也是最大的一次委任，也是英国有史以来最精心、最昂贵的室内装饰方案之一。

多佛夫人在 1829 年看到“大走廊”时，说出这样的溢美之词：它是“你最能想象的最华美惊人的建筑物”。

温莎堡，历经千年，在几十位君王接力赛似的不断修建和重建中，越来越奢华，越来越出类拔萃。可以说，在英国除了白金汉宫，就是温莎堡的名气与地位最高了。

爱屋及乌，温莎小镇因其与英国王室的联系而著名，整个小镇都沉浸在皇家的氛围和历史中。它的四周是皇家伯克郡的美丽乡间。你会发现一个坐落在绮丽河畔的热闹小镇，那里有诱人的商店、餐馆和温莎城堡——女王的官方皇家住宅之一，也是世界上仍在使用的最大、最古的老城堡。难怪，温莎小镇成为英格兰的旅游热点之一。

温莎堡，不仅因为王室留下一片“世外桃源”而浪漫，也为温莎小镇带来了财富。

历史上的君王，主观上为了自己的享受而建造的宫殿，客观上也为后人留下一笔“世界文化遗产”。

温莎堡的初衷，并不是为了以后能够列入“世界文化遗产”，但正是这个“无心栽柳”之举，成全了后人的“一举两得”（一为王室行宫，二为旅游热点）。历史常常会有这样的巧合吗？

约克的魔法

历史跨越了 2000 年，毫无疑问，神话和魔法在约克城还依然存在。

无论是宏伟的约克大教堂，还是肉铺街——那条历史可追溯到 14 世纪的传统木结构建筑的街道。还有那些曾经被称为约维克——曾是维京人首都的逸闻轶事。

英王乔治六世曾经骄傲地说过，“约克的历史，就是英格兰的历史”。然而对于现代人来说，约克不仅代表了英格兰的过去，更保留了稍纵即逝的历史。它与许多英国城市不同，这里在现代风的裹挟下依旧坚守着古典而贵族的气息。无论一草一木还是一砖一瓦，都还如旧，时间似乎在约克停止了脚步。

这道约克的城墙沿着内城画了一个不规则的圆圈，不算高也不算低，在那个年代仿佛就是铜墙铁壁了。约克城墙一共有四个城门，位于其北边、西南边、东北边和东南方。修道士门——这是一座保存完好的中世纪城门，其为城墙里一扇通往历史之门。曾经多多少少的人物，在此进进出出，毕竟都是昙花一现，早已湮没在历史的长河里。曾经多多少少的故事，在此上演又落幕，最终只留下一段历史的回声。

这道城墙，无意中锁住了时间的脚步，岁月的时钟在这里缓缓拨动指针。在英格兰，约克比其他城市更具那股中世纪的气息，全长 4.5 英里的城墙，正是一个例证。

漫步在城墙上，可以与约克作历史的对话。

不足两米宽的城墙上的步道，逶迤而去，宛如通向历史的昨天。

石块砌成的矮墙，虽然能够抵挡刀光剑影，却无法抹去岁月的印痕。

临墙的山毛榉，伸出巨大的华盖，为城墙遮风挡雨，那是为了让城墙慢慢地衰老，让后人可以多看一眼它的容颜。

垛口上的弹洞和缺损，那是岁月磨痕的记忆。凸起的雉堞、齿状的“城齿”像虎口的尖牙，吞噬腥风血雨。射箭孔，那“十字形”的小小空隙，一双双警惕的眼睛，窥视着这墙外的一举一动。

城墙上的青苔，斑斑驳驳，那是岁月为其披上的彩衣。

幕墙突出的棱堡显示着“一夫当关万夫莫开”的气势。

城墙外，早已不是硝烟弥漫的战场，而是风和日丽下的人家。

城墙内，一条条用鹅卵石铺就的街道，映衬着悬垂的建筑物，鳞次栉比。

最难忘记的就是肉铺街，这是英国保存最完好的中世纪街巷之一。在这里漫步，想象自己穿越时空，回到了 15 世纪。这难道是约克的魔法在发力吗?

当年的肉铺街好似狄更斯笔下场景的原型，到处充斥着屠夫的叫卖声、牲畜急迫的嘶叫声，街里街外，臭气熏天。

不过，原本的肉铺街上也见不着肉铺了，小街并不宽敞，才几米，有的地方更狭窄，迈出店门，两三步就可跨到对门。但，街小有灵气，现在都是一家家风格迥异的小店，各种精致有趣的商品放在橱窗里，不断吸引着游客你来我往，熙熙攘攘，生机勃勃。肉铺街，早已被誉为“英国最美丽的街道之一”。

据说中世纪的小巷是电影中描绘对角巷的灵感来源，对角巷是哈利波特魔法世界的神奇购物场所。约克现在已经成为哈利波特迷们前来观看“对角巷”的一个热点，他们可以在街道上找到几家魔法商店，其中包括不可命名的商店、魔法世界和男巫等。

其实，肉铺街，它是约克老城的一个缩影。它从历史中走来，又以自己崭新的面貌走进“历史”。这就是约克的神话，也是约克的魔法。

“彼得兔”从画本到湖区

《彼得兔的故事》是毕翠克丝·波特创作的第一本，也是最出名的一部作品。

小兔彼得很淘气，穿着装饰着亮闪黄铜扣的蓝色外套。他没有听妈妈的告诫——远离麦格雷戈家的花园。妈妈说：“你的父亲就是在那里栽了大跟头，被麦格雷戈太太做成了馅饼。”可是花园里的果实真是太诱人了。就在彼得打喷嚏的工夫，麦格雷戈先生发现了彼得，便如闪电般地追他。大逃亡真是惊心动魄。这本书散发着作者对大自然的喜爱，并以幽默的方式表达了对自然界恒久不变的规律的叹服和敬意。

波特从小有绘画天赋，还跟随家庭教师接受过专业的绘画训练。八九岁的时候，她的素描本上就有她最心爱的宠物——兔子本杰明穿着夹克衫、戴着帽子和围巾在风中滑冰的样子。后来，本杰明出现在商业的圣诞贺卡上，为波特赚到了生平第一笔稿费。

波特 16 岁那年，第一次来到湖区。在那天的日记里，她这样写道：“这是一个能让时间慢下来的地方。”

波特是英国贵族，她敢于冲破家庭和阶层的桎梏去追求自己喜欢的事业与爱人，是十分值得钦佩的一位女性，而湖区就是波特离家后的安身之地。如果波特没有住在湖区，也许彼得兔的故事就不会被完善得那么丰满，可能是另一个样子了。

虽然波特在少女时就绘制了彼得兔的形象，但在湖区生活之后，整个童话故事王国有了更多丰满的形象，甚至还可以找到汤姆和杰瑞的原型。大自然为波特提供了一个细致观察小动物的环境，所以故事里的每个形象都很鲜活逼真。

后来，波特在痛失未婚夫后，继续了10余年的童话创作。在与后来丈夫结婚后，虽然没有继续创作童话，却成了一位优秀的农场主。丈夫诺曼死后，她用自己的版税买下了湖区的一个农场，那里很可能是她和诺曼曾经讨论过以后要一起生活的地方。

她刚到的时候，山顶农场已经荒废良久。一年后，她重新翻修了整个农场，用漂亮的旧家具填满房间。

1943年12月22日，波特去世，留下15个农场共计4000多英亩的土地给英国国家信托组织，也就是现在拥有湖区所有土地所有权的机构。

波特不仅是彼得兔卡通形象的创造者，还是自然生物科学的优秀研究者，这与湖区也有着不解之缘。她不仅为人们留下了彼得兔，而且还留下湖区的一大片土地。

彼得兔——波特，她的形象同彼得兔永远相伴。同时，波特与湖区永远相伴。在那里，你可以去温德米尔湖区的鲍内斯小镇，那里有彼得兔创始人——毕翠克丝·波特的博物馆。

这里有从故事书中还原出的彼得兔世界，就像是走进了童话中，博物馆以立体的形式还原了原作中的23个故事场景。从博物馆旁门进入彼得兔的小花园，它由一位切尔西花展的金奖得主设计。种植的树木、蔬果、花卉，重现了原作故事中常出现的种类，比如红色的酸醋栗、卷心菜、梨树、甜菜根……

“彼得兔”从画本到湖区，这就是波特的成功人生！

剑桥大学的名人轶事

这些星光闪闪的明星，曾经在这里留下过痕迹——

国王学院。这座赋予国王头衔的学院，除了国王留下的历史，同样也涌现出一大批杰出人物。入口是雄伟的 19 世纪哥特式门楼，学院中庭的绿地上矗立着建造于 1879 年的亨利六世青铜雕像，学院内富丽堂皇的一角被称为“凯恩斯角”。凯恩斯，国王学院校友，著名经济学家。国王学院还涌现出包括政论家奈翁纳德·伍尔夫、哲学家和评论家路威士·狄更生、画家邓肯·格兰特以及作家 E.M. 福斯特等大师级人物。

三一学院。按照创办人亨利八世的旨意，三一学院是剑桥大学最大的学院。三一学院以培养出32位诺贝尔奖得主而自豪。诗人拜伦曾经在喷泉池里洗澡，学院的管理人员对此恶作剧极为愤怒。草坪上的苹果树，这是牛顿受掉落的苹果而发现万有引力定律的地方。但这是那棵苹果树的后代。

圣约翰学院。圣约翰学院由玛格丽特·博福特创办。盾徽上有她的名字，周围的雏菊代表玛格丽特·博福特，冠状吊闸与“美丽的城堡”一语双关。头上长角的怪兽被称为神羊耶尔，象征着牢不可破的防御堡垒。箴言采用的是一句法语：“勿忘母校。”

50米高的礼拜堂是剑桥最高的塔楼。

马路对面是约翰·费舍尔的雕像，他曾经建议玛格丽特夫人兴建这所学院。后来，他因为反对亨利八世的宗教改革而被斩首。

圣约翰学院造就了9位诺贝尔奖得主、6位首相和3位大主教。春天，这里银莲花、柳兰和报春花竞相开放。1787年，在此就读的湖畔诗人威廉·华兹华斯为此留下“一大片金色水仙花”之句。

西德尼苏塞克斯学院。奥利费·克伦威尔于1616年在此就读。克伦威尔死后被支持复辟的保皇党砍头示众。1960年，他的头颅回到学院。

基督圣体学院。由泰勒构思设计和出资100万英镑建造。历时5年，2008年9月10日，由物理学家史蒂芬·霍金为此揭幕。泰勒将6项发明和17～18世纪的钟表制造技术结合在一起。钟面上方这只险恶的蚱蜢被称为“时间吞噬者”，其躯壳表面被饰以斑斑驳驳的金粉和血浆——意在揭示人生短暂。蚱蜢的下颚每分钟张合一次，眼睛则无规律地闪烁。每 15 分钟抬起毒刺，每一小时致命性地“蛰”一次，发出链条敲打棺材的声音。圣体钟的钟面是 24 克拉镀金不锈钢圆盘，直径约 1.5 米。它没有指针和数字，而是通过蓝色的 LED 灯显示时间。时钟行走忽快忽慢，表示生命无常。时钟下面的铭文为拉丁文的一句经文：世界和世上的情欲都将逝去。

圣凯瑟琳学院。学院为研究神学和哲学而创办。学院的徽章是即将对圣凯瑟琳处刑的车轮。由于天使的祈祷得到应验，车轮裂成碎片。

彭布罗科学院。其是第三古老的学院，享有极高的声望。女王伊丽莎白一世称之为：一所古老而虔诚的学堂。

彼得豪斯学院。在 1284 年创办，是剑桥最古老的学院，其脚下的台阶已经严重磨损。鲍尔瑟姆主教以效仿“牛津默顿学派，潜心研究文学”的模式来创办。而今，只有在古老的院墙有一扇砖砌的门上面留存鲍尔瑟姆主教的盾徽。

贾奇商学院。这幢大楼原来是一家医院，由建筑师奥特拉姆设计改造，1995 年完工时由女王伊丽莎白二世剪彩。

王后学院。王后学院坐落在国王学院南侧，学院由 1448 年亨利六世的妻子安茹和玛格丽特共同捐资建立。后来，她的朋友伊丽莎白·伍德维尔（时为王后）又将学院扩建。已故的英国王太后曾经是学院的庇护人，后由女王伊丽莎白二世继承至今。

学院横跨剑河而立，建筑以红色砖石为主，非常醒目，由举世闻名的“数学桥”相连接。剑河西畔的女王花园花红柳绿，青翠满园，是剑桥最优美的风景之一。

麦格达伦学院。原来是修道士旅舍，1542 年亨利八世解散了修道院。他的大臣奥德利将这里改名为圣玛丽麦格达伦学院。奥德利还下令必须将发音念成“莫德林”，这样，听起来就像他的名字。

达尔文学院。得名于世界著名生物学家、《物种起源》的作者、进化论的奠基人查尔斯·罗伯特·达尔文，他的家族在纽汉姆有一座物业，一直作为家族继承人的住宅。该继承人（达尔文的嫡孙）在 1962 年去世了，剑桥大学筹备新研究生学院的筹备组尝试联系以期可以使用该批物业。达尔文的后代热情地接纳了筹备组并允诺捐献用于新学院使用，于是学院就被命名为“达尔文学院”，而那一排房屋就成了学院的主体。

基督学院。1505 年由玛格丽特·博福德创办，大门上方的纹章中有她的名字，并由玛格丽特·博福特授予使用的皇家特许状。诗人约翰·弥尔顿于 1625 年在此就读。花园里有棵 400 年的桑树。据说，弥尔顿喜欢坐在这里冥想。达尔文于 1827 年进入基督学院学习，打算成为一名牧师。后来，他在 1859 年出版的《物种起源》中提出的“进化论”却同“神创论”产生了巨大冲突。

冈维尔与凯斯学院。1557 年，学院由约翰·凯斯重建后，建筑得到了翻新和扩建。1565 年，凯斯庭院开始建造，约翰·凯斯还负责建造了学院的三座象征性的大石门，用以激励学生刻苦学习。学生入学的时候，从谦卑之门入校；在学习期间，经常出入于德行之门；最后毕业时，通过荣誉之门。这就是“三门的故事”。

国王学院：留存的精神财富

“……宏伟壮丽的殿堂 / 这人类美妙智慧的丰碑！”这是英国诗人华茨华斯的诗句。

剑桥大学的国王学院，顾名思义，同国王有着千丝万缕的联系。

国王学院是剑桥大学最著名的学院，创办于 1441 年。国王亨利六世在 18 岁时就在规划这所学院。从 1445 年起学院的建造目的转变为彰显王室的地位，因此，学院的建筑规模变得非常宏伟。国王学院的大门入口是雄伟的 19 世纪哥特式门楼，一大片翠绿的草坪镶嵌其间，前庭于 1879 年建造了喷泉和纪念青铜雕像。曾经耗时 100 年，于 1547 年落成的国王礼拜堂，是该学院建筑群中最突出的哥特式建筑，其高耸入云的尖塔与气势恢宏的哥特式教堂，成为剑桥镇的地标与荣耀。

不得不提的是国王学院的礼拜堂，亨利六世亲自设定了礼拜堂的规模，其拱顶长 289 英尺、高 80 英尺、宽 44.1 英尺。1446 年，亨利六世为礼拜堂奠基。

后来由于玫瑰战争，工程停顿。1506 年，亨利七世来此，目睹这神话般的工程，随之拨款要求加快建造。

1536 年，亨利八世完成了礼拜堂的建造。礼拜堂的扇形拱顶天花板以 22 座扶壁支撑，1515 年，由名匠瓦斯泰尔建造，这位石工名匠仅用了3年时间就完成了华丽壮观的扇形拱顶天花板的建造。这些500年前的精湛技艺，远非今日那些混凝土建筑所能比拟。其中的石雕图案为都铎徽章，饰有玫瑰、龙、灰狗、王冠和吊闸。礼拜堂雕刻的圣坛屏风安装于亨利八世时期，实为都铎式木工的绝佳典范。巨大管风琴是1688年重新安置在这里的，琴上镶饰有两尊手持喇叭的天使。祭坛后面装饰着鲁本斯的画作《贤士来朝》，据说，当时不得不降低地板才能将这幅画作镶嵌在东窗下面。

几代国王倾心关注，还纷纷解囊相助，他们将这个工程视作自己的业绩，薪火相传，使得国王学院如此非同一般。这恐怕也是当年的一种“政绩工程”？！

不过，亲力亲为的国王并没有在此为自己树碑立传。最多是在石材装饰图案上镌刻都铎徽章。至于那些纪念雕像，则是几百年后由后人所安置的。

当年这些国王建造学院，既是为了推崇一种学习的文化氛围，也是为了培养有知识的人才。这些建筑并非像我们常见的帝王将相的宫殿楼宇，是为了自己骄奢淫逸的生活，或者是为了独自享乐。也许，这便是国王学院同那些白金汉宫、凡尔赛宫、枫丹白露等有所不同之处。

曾经在俄罗斯叶卡捷琳娜宫参观了琥珀屋，那是由普鲁士第一位国王腓特烈一世在哥尼斯堡于1711年建立的；5年后，其作为礼物送给了彼得大帝。琥珀屋的装饰总面积达1800平方英尺，精心选用的琥珀达6吨。传说琥珀是美人鱼的眼泪，珍贵异常，每一颗都要历时千年万年才能形成。真不知道，这些俄罗斯帝王一年 365 天，有几天在此享受欣赏。对这千万年的结晶而言似乎是在荒废时间的价值。其实，帝王们的占有欲是永远的“黑洞”。

凡到过凡尔赛宫镜厅的人都不免为之倾倒，它被视为法国路易十四国王王宫中的一件“镇宫之宝”。它是法国凡尔赛宫最奢华、最辉煌的部分，镜厅墙壁上镶有 17 面巨大的镜子，这些镜子由 483 块镜片组成，反射着金碧辉煌的穹顶壁画。镜子相对视野极好的 17 扇拱形落地大窗，透过窗户可以将凡尔赛宫后花园的美景尽收眼底。我们真想不明白，整天对着前前后后、左左右右的镜子，能看出什么呢？无非是一种炫耀、一种对心里欲望的满足。

那个号称“欧洲丈母娘”的玛丽娅·特蕾西娅非常喜欢美泉宫，并将它改建成神圣罗马帝国皇帝的皇宫，面积 2.6 万平方米，仅次于法国凡尔赛宫。宫内有 1400 个房间，有的是优雅别致洛可可式，但大多数是极重雕琢的巴洛克式风格。这如此之多的房间，一个人能够同时享用吗？无非是女皇陛下的一种气派、一种仪式感。据称，宫中收藏的成对的中国瓷器数量是除中国本土外最多的。这实属不易，但仅仅是少数人享用而已。

当你漫步于国王学院，凭吊着这些古老的建筑，心胸似乎豁然开朗。其实，国王学院的这些建筑，本身就是一座座历史的丰碑，历久弥新，闪烁着人文精神，在文化的长河中，源远流长……

我想，精神财富，远比物质财富更深入人心，发挥着潜移默化的作用。

爱丽丝家乡的梦境

想象力，可以使你进入梦境，或许也会成为陷阱。但爱丽丝伴随着想象力，进入了一个个读者世界的梦境。

英格兰西南部，在切尔腾纳姆近郊查尔顿金斯的库特诺尔街上有幢房子，以《爱丽丝漫游仙境》闻名的作家刘易斯·卡罗尔与该书主人公原型，当年在此经常有交集。因为这幢房子是爱丽丝祖父母的，房子里至今还保留着一面镜子。据说，当年卡罗尔先生在这面镜中获得灵感，随之而写下了《爱丽丝漫游仙境》的姐妹篇、充满时间逆转和对称美学的《爱丽丝镜中奇遇记》。可见，这里仿佛就是一个奇幻的梦境。

“爱丽丝奇遇记”或许只是切尔腾纳姆大地上的一抹奇幻色彩而已。

遥想当年，爱丽丝坐在河岸上，晌午的阳光让她昏昏欲睡。正当她思忖着要不要站起身来用雏菊做个花环的时候，一只白兔子从她眼前跑过。

走进基督学院的草坪，这里除了大草坪，还有宁静的泰晤士河，以及镌刻着不朽的爱丽丝的牛津。

充满诺曼底风格的学院建筑，浅黄色的砖墙、斑驳的蓝屋顶，正是爱丽丝曾经生活过的地方。

曾经的故事仿佛回放：爱丽丝在基督学院的门厅，第一次遇到了卡罗尔先生。原来，这位名叫爱丽丝的女孩是基督学院院长亨利·李道尔的女儿，而卡罗尔先生则是学院里的数学讲师。因为这一次的邂逅，诞生了日后影响深远的爱丽丝的故事，而作者正是这位卡罗尔先生。

于是，爱丽丝的故事便由此展开……

《爱丽丝漫游仙境》讲述了小姑娘爱丽丝追赶一只揣着怀表、会说话的白兔，掉进了一个兔子洞，由此坠入了神奇的地下世界。让我们穿越于童话之中：穿透想象力的边界，展开一场奇幻之旅！

《爱丽丝漫游仙境》本是出自一个英国作家卡罗尔之手。其为现代童话之父，一位文学史上传奇式的人物，是与安徒生、格林兄弟齐名的世界顶尖儿童文学大师。他出生于英国柴郡一个乡间牧师的家庭，他是位著名的数学家，有不少数学著作。卡罗尔是他发表《爱丽丝漫游奇境记》(又名《爱丽丝漫游仙境》)时首次使用的笔名。1862 年，卡罗尔在旅行中构思出《爱丽丝漫游仙境》，在朋友的鼓励下将手稿加以修订、扩充和润色，并于 1865 年正式出版。最终，这部作品的发表给他带来了第一次同时也是最大的一次成功。不久，卡罗尔的名字就被世人所知晓。后来，卡罗尔又写了一部姐妹篇，叫《爱丽丝镜中奇遇记》，并与《爱丽丝漫游仙境》一起风行于世。这两本书被誉为英国魔幻文学的代表作、世界十大著名哲理童话之一，奠定了怪诞、奇幻的现代童话基调，堪称跨时代的里程碑。

关于这部原著，还有一些故事：提起《爱丽丝漫游仙境》，那真是儿童文学史上的一部重要作品，不但当时一推出就十分受到欢迎，更深深影响了后世的许多作家。原作者卡罗尔在神学院当数学老师时，偶然的机会带院长的3位女儿出游，包括名字就叫爱丽丝的10岁小女儿，途中为她们编故事，才创作出这部传世的经典名著。不仅深深影响后来的儿童文学史，给儿童们带来一个无限的想象空间，而且此书饶有趣味，颇有深意，借着一位小女孩的眼睛，来讽刺当时维多利亚时期的教育、社会、政治环境，如此既有童趣又隐含讥讽的作品，手法十分高明，让儿童文学也能跃登大雅之堂，也难怪能代代相传，深深影响后世的作家。

奇思妙想，构成了文学的生命。想象力，为爱丽丝展开双翅，也为爱丽丝的家乡留下了一笔丰富的财富，不仅仅是文学的，而且也有物质的。多多少少的人，跋山涉水而来，就是为了感受一下爱丽丝家乡的气息，仿佛进入了那个年代……

牛津首创大学城

在遥远的盎格鲁－撒克逊年代，英格兰中部有两条河交汇在一起，它们分别是查韦尔河与泰晤士河。它们给这片大地带来富饶，吸引人们前来定居。

人们在这里耕种，养了大批耕牛，就这样这个聚集地有了一个名字——Oxenaforda，意为耕牛的浅滩。这里一度是麦西亚王国和威塞克斯王国中间的重要军事城镇，到了 10 世纪威塞克斯统一英格兰之后，又成了许多丹麦日耳曼人的聚居地。

从 9 世纪末期到 954 年威塞克斯统一英格兰之前，约克附近一直被越洋而来的丹麦人所统治，也就是来自斯堪的纳维亚的维京人。虽然威塞克斯王朝完成了统一大业，但丹麦人并未死心，持续来犯。尤其在 997 年～ 1001 年间，几乎年年不落。于是，当时威塞克斯的国王埃塞尔雷德下达了一个命令……他命令屠杀这些入侵牛津的丹麦日耳曼人。

战争期间，牛津遭难颇重。新任的诺曼管理者带来了欧洲大陆的技术，修建了牛津城堡，以彰显对该附近地区的所有权。自建成日起，牛津城堡从未被派上过军事用途，也就没有被怎么损害。

牛津能从那许多英国城市间脱颖而出，主要托了亨利二世的福。他在位期间，给了牛津人和首都人民一样的特权和豁免权，接着一系列重要的宗教建筑在这里陆续开工。

正是由于这些教堂、修道院的存在，当亨利二世禁止盎格鲁－诺曼学生前往巴黎的索邦神学院（巴黎大学前身）进修时，他们涌入了牛津。

关于牛津大学最初的授课活动，最早的记录出现在12世纪的一些文档里。

伦敦大学学院、贝列尔学院和莫顿学院也相继在13世纪建立起来。自此，牛津以一个大学城的身份正式腾飞!

如今的牛津，拥有40多所学院，俨然就是一个规模庞大的大学城。

在最伟大的牛津学院——

牛津大学基督教堂学院是英国牛津大学最大的学院之一，它也是世界上唯一一个同时是主教座堂的学院。基督教堂学院成立于1546年。与姊妹学院剑桥大学三一学院一样，传统上它被认为是所在大学最贵族化的学院。

学院教堂建于1525年，1546年时国王重新命名了大教堂，并宣布将这个学院的礼拜堂改为城市大教堂——这是世界上唯一用作大教堂的小礼拜堂。建筑最大的特点在于内部的双拱顶，让大堂显得更加高大壮丽。教堂的塔尖虽然不十分巨大，但却是英格兰的第一个尖顶。14世纪安装的大型窗格使建筑产生了哥特式的轻盈和空间感。名家设计的鲜艳华丽的彩色镶拼玻璃令教堂内的光线显得光彩迷离，特别是圣坛旁名为圣凯萨琳之窗的彩色玻璃窗，把《爱丽丝漫游仙境》中爱丽丝的姐姐爱蒂丝描绘成圣人，吸引了大批书迷前来观赏。

在大教堂中有圣弗莱丝史怀德的神龛，这座教堂的前身就是这位撒克逊公主在8世纪修建的一座小修道院，据说她是为躲避淫纵国王的追求，她的故事被绘到教堂的彩色玻璃上。

教堂前的尖塔叫做汤姆塔，建于 1681 年，这个巨大的门房和宏大的八角塔风采依旧。塔中有一口大汤姆钟，重达 7 吨。每晚 9 点 05 分，这座大钟都要连续敲响 101 次，用以纪念学院最初的 101 位学者。

汤姆方庭拥有美丽的喷泉，是牛津最大的四方形中庭之一。大厅内四壁上悬挂的均为历代名人肖像。中庭中的一棵大树，据说就是《爱丽丝漫游仙境》中兔子先生带着爱丽丝跳进去的奇境入口。

画廊中收藏有 4 个世纪以来意大利的，包括韦罗内赛和丁托列多的绘画作品。同时，还有许多其他作品正在展出，展览内容定期更换。

在卡法斯和圣阿尔代——

卡法斯是牛津市区最繁忙的十字路口，几百年来一直是聚会的场所。这里有 14 世纪的卡法斯塔，登上 99 级台阶可以一睹城市的空中轮廓。

金十字，传说，莎士比亚曾经在这里的车马旅店留宿过。

彭布罗科学院，建于 1624 年，如今的小礼拜堂以绘画而著称。

牛津博物馆，在这里可以找到牛津这个城市和大学的故事。

爱丽丝之店，《爱丽丝漫游仙境》的人物原型与此有关。

在特尔街——

这条窄街是三所学院的入口：林肯学院，保持着 15 世纪时的风格原貌；埃克塞特学院，有座装设豪华的小礼拜堂；耶稣学院，1571 年建造而成。

在宽街——

贝列尔学院，创立初期是为穷苦学者而设立的。

科学史博物馆，藏有爱因斯坦的黑板，还有几个世纪来其他科学家用过的1.5万多件物品。1683年开放。

晓冬宁剧院，这座建筑立于半圆形的奇异石雕头像之侧，每一块石像须髯俱全。每年学院在这里举办创立庆典活动。

三一学院，学院有四个华美的方庭。

布莱克威尔书店，店主布莱克威尔于1879年创办这家二手书书店。现在是世界上最大的书店之一，拥有一个约5千米长书架的地下室（诺林顿书室）。

在新学院路——

叹息桥，其本名叫贺特福桥，在威尼斯有一座与之相仿的桥。

新学院，其实，它建于700多年前。

哈雷故居，这里就是他架设天文观察台，并发现哈雷彗星的地方。

贺特福学院，1874年由银行家捐助而立。

在雷德克里夫广场——

这里是大学最雄伟的心脏部分。

雷德克里夫拱形建筑，是牛津图书馆的主阅览室。

牛津大学图书馆，是6所藏有英国每一种出版物副本的图书馆之一。

神学院，这个15世纪的演讲地，一直被描绘为欧洲最美的场所。

布拉斯诺兹学院，学院校方庭内有个鹿园。

老校方庭，这里有座五柱塔，展示了古典建筑的五种主要风格。

在高街——

圣玛丽大教堂，是“官方”的大学教堂。沿 127 级台阶，登塔俯瞰全城。

大学学院，诗人雪莱的雕像设置在此。

万灵学院，大方庭里可见宏伟的双塔。这里都是从事学术研究的研究生。

女王学院，成立于 14 世纪。

在默顿大街——

奥瑞尔学院，不知是由于装设建筑的凸肚窗，还是早期建筑称呼的原因，被称为奥瑞尔学院。

基督圣体学院，1517 年创建，现在因教授人文学科和科学而闻名。

默顿学院，英格兰大臣默顿于 1264 年建立该学院。

考试学校，是数百名学生期末考试的地方。

在莫德林桥——

莫德林学院，美丽的花园、宽敞的回廊、鹿园以及河畔，这就是让人流连忘返的莫德林学院。

植物园，这里有英国所有的大戟属植物，也是英国最古老的植物园。

在博蒙特大街和圣吉尔斯大街——

艾希莫林博物馆，这座新古典主义风格的建筑，是英国最早的博物馆之一。

格洛斯特格林，这是个广场，也是一个农产品和古董的集市。

在公园路——

牛津大学自然历史博物馆，这个高耸拱顶的维多利亚时期的哥特式建筑之内，还有欧洲最后一只渡渡鸟的标本。

皮特和博物馆，拥有面具、武器、纺织品、货币、乐器、工具、人偶、珠宝等50万件收藏品，包括库克船长在南太平洋航行时期收集的物品。

圣约翰学院，1555年创建，是牛津最富有的学院之一。

瓦德汉学院，富有的尼古拉斯和瓦德汉夫妇，根据自己的设计创建这所学院。但尼古拉斯早逝，瓦德汉用毕生的精力来督促工匠按时完成建设。

克伯勒学院，被戏称为“身穿杂色毛线衫的恐龙”，这是人们对这所学院外圈墙砖上图案的诙谐称呼。克伯勒是牛津运动的创始人，学院以其命名。

当我们浏览了牛津大学城里的主要场所，被当年的开拓者和传承人所感动。他们不仅仅为后人留下了历史建筑和声名远扬的大学，而且为后人留下了宝贵的人文精神。

记得牛津大学的校训是这样的：“哪一个登上成功顶峰的人心中没有傲视群雄的霸气。”

一所大学的校训，就像是这所学校的灵魂，代表着其文化和教育理念，是学校历史和文化的积淀，是人文精神的高度凝练。

同样，牛津大学的校训，也是牛津城的一种人文精神……

丘吉尔身后的庄园

“当我们穿过入口拱门时，美丽的风景便映入我的眼帘，伦道夫（系温斯顿·丘吉尔的父亲）不无自豪地说‘这是英格兰最美的景致’。”这是许多年后伦道夫·丘吉尔夫人（温斯顿·丘吉尔的母亲）回忆她在 1874 年时对布伦海姆宫的第一印象。

布伦海姆宫，位于牛津郡伍德斯托克镇，最早建于 1705 年，耗时 17 年才完工，是当时安妮女王赐予马尔伯勒公爵一世约翰·丘吉尔的，以表彰他击败法军的赫赫战功。原来，1704 年在巴伐利亚的多瑙河北岸的布伦海姆，他作为盟军的统帅取得了欧洲战争的决定性胜利，粉碎了路易十四称霸欧洲的梦想。100 多年后，英国著名的铁腕首相温斯顿·丘吉尔也出生在这里，因此，被人们习惯地称为“丘吉尔庄园”。

走过镶嵌着金色族徽的黑色铁艺大门，由约翰范伯鲁爵士设计的宏伟的巴洛克式建筑和优美的湖景，令人震撼，同样，也能激起参观者的敬畏之情。

布伦海姆宫是当时为民族英雄修建的宫殿，以此来祝贺英国打败法国，并以此来与凡尔赛宫一比高低。所以，设计师运用所有的材料、装饰、象征手法和巴洛克的戏剧手法，以及现代的对称手法和形式，使宫殿具有纪念碑、城堡、大本营和私人官邸等诸多功能。它被公认为是英格兰最具代表性的巴洛克风格建筑。

布伦海姆宫占地 2.8 公顷，其主体建筑由两层主楼和两翼的庭院组成，正门6根古希腊科林斯式石柱，支撑着精美浮雕图案的三角楣，镶嵌着马尔伯勒公爵家族徽章的浮雕，徽章上刻有家族名言“心怀邪念，祸临其身”。正门前是个大广场。从东门望去，是带有英格兰雄狮和法国小公鸡的钟塔拱门，那只英格兰雄狮在攻击法国的小公鸡，寓意一目了然。科林斯柱式柱廊前的石雕，是代表战争胜利的纪念品——胄甲、战斧、旌旗等，以此渲染环境。

具有象征意义的是，宫殿的南北轴将公爵一世的胜利纪念柱连向北方，而温斯顿·丘吉尔的墓穴则连向南方。

20米高的大厅，是布伦海姆宫最辉煌的建筑之一，尤其令人惊叹的是，它是由英国著名画家詹姆斯·桑希尔爵士绘制的天花板和格林林·吉本斯雕刻的精湛的石雕。

红色客厅，猩红色丝绒缎面的墙壁上挂满了人物肖像油画，其中两幅巨作相对放置，有意营造出一种极具戏剧效果的对比。右边悬挂的是公爵四世及其家人的肖像，对面是公爵九世及其家人的肖像。众多“人物”，栩栩如生。

绿色书房，最著名的是布伦海姆挂毯，它展示的是马尔伯勒公爵一世取得胜利时接受塔拉德元帅投降的一刻，仿佛历史在此定格。

客厅，这是重大场合使用的餐厅，被认为是可以“和欧洲最富丽堂皇的宫殿房间相媲美的”。天花板的绘画展现了公爵一世胜利行进但处于和平之神一边。门上方的公爵一世徽章包括黑色双头鹰，是他作为神圣罗马帝国亲王时的纹章图饰，并将它用作纹章装饰。

宫殿里面还有陈列厅、国宾室、沙龙厅、图书馆和小教堂等。

难怪当年的国王乔治三世莅临布伦海姆宫时作出了著名的评价："简直无与伦比！"

1874年11月30日，英国历史上最著名的首相之一温斯顿·丘吉尔就出生在离主楼大厅不远的小卧室中，这里原来是公爵一世的牧师——琼斯教长的房间。后来，温斯顿·丘吉尔这样说道："在布伦海姆宫我作了两个重要的决定：出生和结婚。我很满意我所作的这两个决定。"在产房里保存着丘吉尔小时候的卷发。在隔壁房间还有他在"二战"时期夜里值班时穿过的红褐色丝绒衣服。

当然，有些人可能都不了解，丘吉尔还是个"绘画迷"，他笔下的大厅、花园等绘画作品，依然熠熠发光，足见其在布伦海姆宫度过的愉快时光。

"宫凭子贵"，布伦海姆宫，因为温斯顿·丘吉尔，更加闻名遐迩，成为英国人心中的一座精神殿堂，尤其是他在"二战"中不屈不挠的形象，在布伦海姆宫仿佛处处凸显。

温斯顿·丘吉尔，就是一座不朽的布伦海姆宫。

《傲慢与偏见》里伊丽莎白的婶婶说："去山区可以看看查茨沃斯的城堡，比较下它和布伦海姆宫哪个更美？"可见，布伦海姆宫在英国人心里占有多么重要的位置？！

莎士比亚活在书中

“他不属于一个时代，而属于所有的时代。”这是莎士比亚同时代的英国著名诗人剧作家本·琼生对莎士比亚的评价。

几百年过去了，莎士比亚依然属于斯特拉特福，属于英国，属于整个世界。

埃文河畔斯特拉特福，这个迷人的小镇是威廉姆·莎士比亚的出生地。这就是那个一切都与莎士比亚相关的地方。

进入这个被誉为莎士比亚的世界，看看激发天才灵感的地方，进入埃文河畔斯特拉特福德莎翁的历史性建筑。

小镇亨利街北侧的莎士比亚故居，是莎士比亚父亲当年买下的祖屋。1564 年 4 月 23 日，莎士比亚就出生在这座楼上。

这是一座带阁楼的二层楼房，半木结构，都铎式的造型。虽然跟这个街上那些房子大同小异，但却历久弥新，熠熠生辉。莎士比亚的童年和青少年时代都在这里度过。

如今这里已经成为博物馆，有相关图片和事迹说明，还有莎氏世系表和他当年创作的手迹，甚至辞世之前亲笔写就的遗书。在房间一个角落，我们仿佛看到了当年莎士比亚写作时的情景。

二楼展览厅陈列着各国名人来莎翁故居寻访的照片。右行进入最后一间，是莎翁出生的卧房，内有条桌、橱柜等老式家具。最引人注目的是那铺着绣毯的大床旁，有木制小摇床以及玩具，这大概正是莎翁孩提时的场景吧？

16 世纪的斯特拉特福小镇，每当巡回演出剧团来演出，小镇的男女老少都会去看戏。这也许就是莎士比亚最早接触到的戏剧。他曾经在当地文法学校读书，13 岁时因生计日艰而辍学，先后当过学徒、文书、家庭教师。1586 年，22 岁的他不甘寂寞，前往伦敦谋生。据说是跟随一个戏班子去的，当过剧院门口的清洁工和马夫。1590 年后，从舞台传唤员、提词员干起，进而跑龙套及出演小配角。后来，他开始改编旧作，还创作了历史剧《亨利六世》，取得成功，声名鹊起。1594 年起，莎士比亚只为一个剧团写剧本，并参加演出，那就是“宫廷大臣剧团”。后来，詹姆斯一世成为剧团的赞助人之后，剧团改名叫“国王剧团”。此后，其一生以 37 部剧作奠定了在伦敦戏剧界的地位。

1597 年，莎士比亚在斯特拉特福购置另一处可观的新屋，在当地算得上第二大宅，仅壁炉就有 10 多处，这座“砖木结构的漂亮宅邸”叫新地，这时按官方规矩，他已经算是一位“绅士”，并获准佩戴由“鹰和枪”组成的纹章，这是莎士比亚成功的标志。据说，莎士比亚的新居给莎士比亚的家带来了一个当代的转折点。莎士比亚和他的家人在这个新地方生活了将近 20 年，在那里他写了 26 部主要作品。

莎士比亚在文学上取得顶尖的成就，同时，他也成为一个富翁，他在斯特拉特福购置多处地产，还是剧团的股东之一。1616 年他去世时留下的遗嘱中，留下了他极少见的签名。

在莎士比亚小镇，莎士比亚就是这个小镇的一切。人们心中唯独只有那幢半木结构的故居，匆匆而来的崇拜者，哪怕就是到此一瞥，也就心满意足。

而今的莎士比亚故居为什么没有房舍院落？据说，莎士比亚晚年从伦敦回到斯特拉特福镇，用多年的积蓄买了房产，他生命的最后几年就是在这里度过的。院落就坐落在一块绿地上。后来其后人将其卖给了一位牧师。但随着莎剧的如日中天，朝拜者蜂拥而至，使牧师不胜其烦，竟一气之下拆掉了院落房舍。

关于莎士比亚的身后事，一直是热门话题。比如，莎士比亚究竟是什么模样，没有一张画像可以确证。所以，人们一直在猜测。

就在 2006 年 3 月，伦敦举行了一场有关莎士比亚的展览。这次展览的重点并不是大文豪的伟大作品，而是各式各样、真真假假的“莎士比亚”画像。

当“探索莎士比亚展”在伦敦国家肖像美术馆拉开帷幕，展览中最大的看点就是这些珍贵的“莎士比亚”画像。不过这里的“莎士比亚”必须打上个引号，因为这些画中人只是酷似莎士比亚，究竟是不是莎翁本人，还有待进一步调查。目前，最受怀疑的是那幅《钱多斯肖像》，他曾是英国钱多斯公爵的藏品，而这幅《弗劳尔莎士比亚》已经被确定为是19世纪的赝品，关键证据在于这幅画中使用的两种颜色直到19世纪20年代才问世，因而不可能在莎士比亚生活的16～17世纪画就。对专家们来说，找出真正的莎士比亚画像是工作重点，不过对大部分观众来说，欣赏这么多真真假假的莎士比亚画像，也是件趣事。

无所谓莎士比亚的画像究竟是什么样。因为，这位大师早已被镌刻在人们的心目中。

就在那埃文河畔的莎士比亚纪念公园，100多年前便建有5座雕像，这5座雕塑分别代表着莎士比亚和他的作品。其中，中心的纪念柱是莎士比亚，他安然端坐在四方底座圆形柱顶上，含笑远眺。四周分别是莎士比亚著名的四部代表作的人物雕像：沉思中的哈姆雷特、高举王冠的李尔王、身披斗篷的麦克白夫人和滑稽诙谐的福斯塔夫。

戏如人生，人生如戏。莎士比亚依然活在他的戏剧中，活在他的书中……

正如本·琼生对莎士比亚的赞颂：“你是一座丰碑，虽没有墓碑，但只要你的书长存，你就仍然活着。”

奥斯汀属于巴斯

公元前 863 年，患麻风病的布拉杜德王子发现巴斯的温泉水具有治疗效果。这或许就是个传说。

但 19 世纪的简·奥斯汀迁居于此，她用一贯尖刻犀利的笔触写下了两部“巴斯小说”，展现了不少生活的图景：《劝导》里的安妮和《诺桑觉寺》里的凯瑟琳，都曾走在同样的街道上，享受同样的公共建筑，而这些地方迄今尚在……

著名传记作家卡罗尔·希尔兹在《简·奥斯汀》中曾写道：“巴斯，无论是在真实生活还是想象作品里，都是简·奥斯汀文学地图的组成部分，是个地名，更是一种理念……简·奥斯汀对巴斯的运用，说明她准确理解了有钱和有闲的新生活观。”

简·奥斯汀 1775 年生于英格兰汉普郡斯蒂汶顿教区长家，是家中 6 个兄弟、2 个姐妹中的小妹，排行第 7。这是一个生气勃勃的和睦家庭，父亲是牛津大学的毕业生。奥斯汀从小就在父亲鼓励下大量阅读各类书籍，并学习写作，完成了 6 部长篇小说。

1801 ～ 1809 年，简·奥斯汀与家人一同迁居巴斯，迁居到巴斯后那几年，奥斯汀深入了解巴斯的社会生活，并以巴斯的生活作为小说创作的源泉之一，先后创作了《劝导》和《诺桑觉寺》两部小说。

简·奥斯汀与巴斯有着深厚的渊源，她的经历与巴斯这座城市的命运交集在一起。1802年冬天，奥斯汀和姐姐到好友比格姐妹家小住。比格姐妹一家住在巴斯的曼尼顿庄园，那是一座宏大方正的石砌都铎式别墅，拥有2000多英亩田园。比格姐妹的弟弟哈里斯刚从牛津毕业还乡，这个高大壮实的21岁青年，在那个宁静的冬日清晨，向奥斯汀求婚。奥斯汀当场应允了哈里斯的求婚，可翌日一早，她却突然悔婚了……

这恐怕就是奥斯汀在巴斯最刻骨铭心的经历。

一座城市与一位作家的缘分，不仅仅在于文学本身，而在于这个城市对其的认可度。奥斯汀虽然没有在巴斯收获爱情，最终孑然一身。但巴斯人却永远铭记着她，因为，她将这座城市最真实的历史记录在小说里，由此，让后人能够触摸到那个年代巴斯社会的脉搏，了解并透过岁月的雾霾，走向现实生活。

《劝导》这部小说讲述了一个历经磨难、终成正果的曲折爱情故事。主人公安妮·埃利奥特是个出身贵族家庭的小姐，与青年军官温特沃思真心相爱，并私订终身。安妮的父亲和教母认为温特沃思出身卑微，极力反对两人交往。安妮被迫中断了与温特沃思的恋情，但对他的感情却依然如故。8年后，温特沃思上校荣归故里，与安妮旧情难忘，在历经曲折后，有情人终成眷属。

这个故事自然离不开巴斯这个城市的社会生活环境，奥斯汀在故事中融入自己的喜怒哀乐，使其作品更有思想和感情深度。

“安妮怀着热烈而忠贞不渝的爱情，朝着西门大楼走去，巴斯的街道上不可能有比这更美好的爱情，简直在一路上洒下纯净的芳香。”（引自《劝导》）

奥斯汀用自己的笔触，行走在巴斯这个城市……

巴斯，因奥斯汀而染上文学的色彩，而巴斯的社会生活给奥斯汀的文学创作带来了营养。

对奥斯汀而言，巴斯是个难以忘怀的地方，在这里，她的突然悔婚令人无法理解。也许是为了弥补自己的一点遗憾，她以巴斯为背景写下了《诺桑觉寺》，用小说来圆了自己的婚姻梦……

其实，这不就是奥斯汀给了主人公一个不一样的人生？或者说，是为自己描绘了一个好梦。

奥斯汀对巴斯的情感，可谓五味杂陈，但她还是想要在巴斯寻觅到自己的理想和未来。因为，巴斯就是奥斯汀的“情感世界”，就是她终生难忘的地方。

奥斯汀属于巴斯，更属于英国。

2013 年，英国中央银行宣布，简·奥斯汀的头像将被印制在新版 10 英镑纸币上，以此向她致敬，那时正是简·奥斯汀《傲慢与偏见》出版 200 周年。

在英国大地上，人们始终没有失去对她的痴迷与热爱……

曼彻斯特从零开始

提到英国小说家盖斯凯尔夫人，读者立刻会想到曼彻斯特。她这两本小说——《玛丽·巴顿》和《南方与北方》的故事都是在讲述 19 世纪 30 ～ 40 年代曼彻斯特棉纺工人的生活。这就源于她能像狄更斯一样细致入微地观察社会，甚至眼看耳听和工人亲身接触。这些都让她笔下的人物与事件充满真实感。她曾说：“我竭力使我的写作忠于事实。”马克思曾称赞狄更斯、萨克雷和盖斯凯尔夫人等是“一批杰出的小说家”。

曼彻斯特是英国的第二大城市，是城市重建的一个典范，人们可以从这里看到英国工业的发展历史。

曼彻斯特也有着像狄更斯时代那种贫困的煎熬。14 世纪，法兰德斯的羊毛和亚麻纺织工人在这里定居下来，开创了最早的纺织工业。在 18 世纪加工从美洲殖民地运来的棉花，奠下纺织业的良好基础。曼彻斯特有方便运输的运河、充足的水和煤炭供应，加上进取和创新的文化传统，曼彻斯特孕育了全新的纺织工业，开创了工业革命的先河。

如今，它早已远离了那段“蒸汽和汗水”的岁月，华丽转身跨进了时尚俱乐部。这个靠棉花起家的城市活力不减，是因为不断尝试创业和革新。

在曼彻斯特，你想不到世界上第一条城市运河和地下排水系统、世界上第一条铁路、世界上第一个有公共汽车的城市、世界上第一个机场等都诞生在这里。这大概就是曼彻斯特这个城市富有首创精神的成果。

联想到这里的首创精神，不得不想到一位伟人——恩格斯，他与马克思创立了共产主义学说，这更是一种开天辟地的创举。当年恩格斯就是在曼彻斯特学习观察了多年，研究资本主义时期英国的工人阶级和雇主之间的关系，给马克思提供了很多素材和启发，使其写出了《共产党宣言》和《资本论》，使马克思成为一个共产主义者。所以，有后人说：如果当时恩格斯待在伯明翰，而不是曼彻斯特，马克思就很可能成为一个货币学家，也就没有《共产党宣言》和影响20世纪的共产主义运动了。

在曼彻斯特，最令人激动的是足球和球场。足球运动永远需要首创精神，永远是从零开始。

了解足球的人一定不会对曼联队陌生。几十年来，这支绰号“红魔”的球队缔造了无数荣誉和足坛传奇，堪称欧洲足球俱乐部中的经典代表。而作为曼联队的主场，老特拉福德球场也成了许多球迷心中的圣地。

这座老特拉福德球场落成于1949年，作为英国最著名的足球场，它可以容纳7.5万名观众，和温布利球场一样，是经过欧洲足联认证的英国六大五星级足球场之一，因此，又有“梦剧场”之称。

在曼彻斯特风靡的体育项目中，足球是曼彻斯特文化最重要的部分。据统计，大曼彻斯特区的球会数量是全世界最多的，尤其是老牌霸主曼联队和新崛起的曼城队，每年都会在双

方的球场上演万众瞩目的龙虎斗。这时，曼彻斯特无疑成为足球之城。

在老特拉福德球场，印象深刻的是巴斯比爵士铜像和慕尼黑时钟。这又是一个从零开始的标志物。

原来，在球场有一座“慕尼黑时钟”，这是为了纪念 1958 年 2 月 6 日于慕尼黑空难中罹难的记者、球员及球队工作人员。这些天才球员意外陨世，球队又要从零开始。伟大的教练巴斯比爵士带领着曼联从 1958 年慕尼黑空难的灰烬中站起来，重建球队，并在 1968 年征服欧洲大陆获得欧洲冠军杯，创造了一个奇迹。

曼联的新博物馆是在 1998 年 4 月由足球传奇明星比利揭幕的。博物馆共有三层楼，位于老特拉福德的北看台，进到博物馆第一个看到的就是奖杯陈列室，一座座奖杯闪闪发光，格外耀眼，无不浸透着他们的开创精神。

从曼联精神可以看到曼彻斯特的文化——勇于从零开始，勇于首创！

逃婚小镇再无“逃婚”

沉浸在历史和梦幻中，这是自1754年以来许多有情人所向往的地方——格雷特纳格林，充满浪漫的诱惑，它为何有如此不可抗拒的吸引力？

这里有一尊艺术造型塑像——两只手紧紧相连，原来牵着的两只手的粗细不一样，粗的那只代表男士的手，粗壮有力；而那只纤纤玉手，代表女性的手。由此，两手相牵，寓意情侣相恋相爱。还有一尊塑像，则立意鲜明，一目了然——是一对男女热情相拥，言简意赅。

格雷特纳格林是苏格兰有名的逃婚小镇。当年英格兰与苏格兰法定结婚年龄不同，如果结婚的双方年龄不到21岁，那么他们必须得到父母的允许才能够结婚。然而，这个法案并没有在高度自治的苏格兰得以实施。当时苏格兰规定：男孩14岁以上，女孩12岁以上，他们就可以结婚，无论是否有父母的首肯。一些热恋的英格兰小青年想结婚但年龄不到，怎么办？一些年轻人就逃到这个边界小镇来。

格雷特纳格林的历史就是一部关于爱情的史诗，无关贫富、阶级，无论平凡或伟大，在爱情面前，应该是人人平等的。

几个世纪以来，它见证了爱情所赋予的浪漫、勇气和忠诚。由此，成为文艺作品中的浪漫朝圣地。这里的故事一再出现在著名的电影、书籍和歌曲中，其中包括《傲慢与偏见》《唐顿庄园》

《王冠》等。

最为有趣的是，当年，逃婚小镇需要主持婚礼的人，镇上一位铁匠权作临时兼职牧师，也就是所谓的“铁砧牧师”，为情侣主婚，他灵机一动将两块铁片煅烧打成一片，算是结婚信物，以收取价值一杯小酒的三五文钱。

当年的《泰晤士报》宣称这位铁匠25年间曾在格雷特纳格林主办过3500场婚礼。有人好几次想制止这一现象，有人则怒火冲天，指责这里的婚礼“伤风败俗”“破坏英格兰北部人的道德观”。而众多“逃婚人”却对其感激不尽。其“君子成人之美”，此美德，固然是大恩大德！

而今，小镇上保留着那幢传说中的铁匠铺，依旧白墙黑瓦，而房子的周围摆放着许多种满鲜花的花盆，姹紫嫣红，喜气洋洋。人们都想来看一看：这逃婚小镇的“婚礼现场”究竟什么模样？其实，只要能使“有情人终成眷属”，谁还在意简陋还是奢华？

当然，逃婚小镇早已无“逃婚人”，这一个个美丽的传说故事，永远留作谜语，让后人去猜测。

醉人的名片：挪威峡湾

有人说没有到过峡湾，就等于没有去过挪威。

挪威，就是峡湾之国。峡湾就是挪威的名片。

四大峡湾之一的松恩峡湾，要欣赏其美，最好从居德旺恩出发，搭乘游轮驶过纳柔依峡湾、艾于兰峡湾，至弗洛姆上岸，短短两个小时的航程，令人心旷神怡。

居德旺恩，虽然是峡湾里的一个小镇，但这里有火车站、酒店、餐厅、咖啡馆和旅游商店等，初夏是旅游旺季，来自世界各国的游客熙熙攘攘，摩肩接踵。

平底的游船，适合在峡湾里行驶。到弗洛姆这段峡湾游船，途径松恩峡湾的支流纳柔依峡湾和艾于兰峡湾，这两支峡湾是松恩峡湾中最原始、最壮观的分支，也是世界自然遗产之一。两侧的高山常年积雪，在阳光的照耀下，有着令人眩目的美丽。

游船在平静的峡湾里行驶，白鸥围着船身打转，忽上忽下，展翅飞翔，随船前行，不失为游客的“游伴”。游客们不时用面包、饼干等投喂，引来一群一群的白鸥。不过，那些胆小的，远远追着游船，而胆大的则飞到甲板上，“啾啾”欢叫，期盼着游客的一点美食。此情此景，真是人与自然的和谐之美。

初夏的阳光，为峡湾送来绚丽的色彩，两岸的景色美不胜收。岸边的小草娇嫩，一丛丛的野花鲜艳，绿色的丛林透出白色小屋的倩影，赏心悦目，宛如一幅幅水彩画。

纳柔依峡湾，全长 17 千米，最窄处的水面仅 300 米宽。它是世界上最浅最窄的峡湾之一。两边的山海拔在 1200 ～ 1400 米之间，雪峰的融雪汇成峡湾边的无数瀑布，飞流直下，仿佛就是一道道从天而降的白色绸缎。

游船进入峡湾的山谷之间，水道变得窄窄的，两岸的景色尽收眼底。一处白练般的瀑布从峡湾的悬崖边奔腾而来，直挂水中。

游船载着游客转过船身，缓缓迎头而上，顿时清凉透彻的水珠浇到了甲板上，游客们一阵手忙脚乱，哈哈大笑起来，纷纷躲进船舱里。当然，有几位游客难得“享受”这样的天然浴，任凭瀑布由上而下淋成“落汤鸡”，却一个劲地大喊：“爽！爽！太爽了！”其实，这样近距离地接触瀑布很难得。难怪它会成为这条峡湾游船线路节目的亮点，为许多游客所推崇。此乃峡湾游之魅力所在。

游船徐徐而行，进入闻名遐迩的艾于兰峡湾。

艾于兰峡湾是号称“峡湾之王”的松恩峡湾中最原始、最壮观的分支。白雪覆盖的山峰、瀑布以及田园般的高山农场和蜿蜒平静的蓝绿色海面交相辉映，勾画出峡湾的惊艳之美。

艾于兰峡湾旁的温勒达尔村，其以制作白色和褐色山羊奶酪著称，历史悠久。虽然这里只有 80 户居民，但小而精，其金牌产品连同建于 1147 年的木板小教堂而著称。

游船离峡湾一个尽头处越来越近，那就是弗洛姆。

弗洛姆在挪威语中是“险峻山中的小平原”，因为该小镇隐藏在三面雪山环抱的艾于兰峡湾的中心地区。四周崇山峻岭环绕，飞瀑与峡谷点缀其间。这里还有很多活动可以参与：冲浪、皮划艇、山中徒步、骑行等，深受游客青睐。

据说，弗洛姆小镇人口不到400人，每年却有40万来自世界各地的游客前来观光，因为小镇是世界闻名的山地铁路弗洛姆铁路的起点，小镇因此而远近闻名。

弗洛姆小镇位于松恩峡湾的支湾，是松恩峡湾观光游览的重要景点和集散中心，它三面环山，一面向海。沿岸分布多个码头，有在此停泊的各种大小船只，有公路和铁路通往首都奥斯陆和西部重镇卑尔根，还有开往松恩峡湾主要旅游景点的定期游轮航班。再加上峡湾两岸风光秀丽，景色迷人。无愧于峡湾之美景，游客醉心处。其实，景不醉人，人自醉。

这就是一张醉人的挪威名片：峡湾。

红场的火种

红场不“红”，因为红场并不是红颜色的广场，其乃花色，五颜六色而已。

行走在宫城内外，发现这里的建筑形式融合了拜占庭、俄罗斯、巴洛克、希腊和罗马等不同的建筑风格，构成了五光十色、色彩斑斓的建筑群，据说在当时是一种权力的象征。

当建筑成为权力的代表物时，总能衍生出无数的故事。

红场上这一幢红色的建筑，正面看有规有矩，非常对称，两座塔楼中间是一个三角形山墙，线条匀称，令人过目不忘。这就是俄罗斯历史博物馆，修建于 1873 年，古典主义风格的建筑。国家历史博物馆是一座造型非常美丽且极具特点的建筑，红色的墙面，白色的顶，高耸对称的塔楼、尖塔及圆弧形的屋面，三角檐与圆拱形窗户的装饰结构，呈现出 17 世纪大公国城堡宫殿的古典气派，站在红场所见的是该博物馆的背面。它于 1883 年向公众开放，馆里的展品和档案材料丰富多样，向人们展示了俄罗斯的政治、经济和文化生活的侧面，全方位地介绍了俄罗斯民族的历史和文化。这恐怕是连当时的业主也不曾想到的结局。

红色的复活城门，始建于 1535 年，由两座拱门组成，拱门上方有两座小塔楼，实际上是一个底座上的两座塔楼，绿色的尖顶上是俄罗斯国徽标志——双头鹰。复活城门位于国家历史博物馆的两座建筑之间，也称伊维尔斯基大门。1689 年苏菲亚公主摄政时期，因面向红场的墙上悬挂耶稣复活圣像而被命名为复活城门。古时，皇帝或女皇进城，会在城门外的小礼拜堂进行祷告，再经过城门前往克里姆林宫。原址已毁，现在的复活城门为20世纪末修复的，复活城门成了莫斯科的纪念丰碑之一。

今日，复活门早已成为人们通往红场的一条主要之路。从这个意义上讲，这条铺满石块的小路也得以“复活”。

紧邻复活门的北面地上有莫斯科公里零点的标志。也就是说，莫斯科大大小小4000条道路都从这里开始。所以，这里才是莫斯科真正的“心脏”和中心!

小小的一个圆点，以此画出大大的圆圈。零公里的标志，不仅仅是交通的意义，更在于它是一个国家的凝聚点。

圣瓦西里大教堂，俄罗斯最著名的教堂之一，富于创意的形式、色彩与精妙绝伦的结构完美结合。这座教堂中间是一个带有大尖顶的教堂冠，8个带有不同色彩和花纹的小圆顶错落有致地分布在它的周围，再配上9个金色洋葱头状的教堂顶，真可谓精美绝伦、美轮美奂。

传说伊凡雷帝被该教堂的美丽所震撼，为了防止建筑师在其他地方再建造出同样的教堂，而下令刺瞎了建筑师的眼睛，这真是骇人听闻的历史故事。

不知道这个传说是否真实，当权力成为专制的附庸，何止建筑师的眼睛要被剥夺，连人的基本生命，专制者都不屑一顾。我想，圣瓦西里大教堂能够名扬世界，并非是因为专制者的胜利，而是因为这个作品的流芳百世。一双眼睛被剥夺了，但千千万万双眼睛是明亮清澈的，因为，每个人都有一双不受蒙骗的火眼金睛。

瓦西里升天教堂前的米宁及波扎尔斯基民族英雄纪念碑建于1818年。这是人们为了纪念1612年他们打败波兰侵略军解放了莫斯科而立的。

俄罗斯人对先辈是非常敬畏的，而且非常崇拜，无处不在纪念他们，由此带来的一种价值取向是颇具力量的。当你踏上俄罗斯的大地，随处可见的纪念物足以证明这一点。

喀山圣母大教堂，位于红场的东北角，是为纪念那幅带有传奇色彩的“喀山圣母”画像而建的，相传，“喀山圣母”曾帮助莫斯科人击退1612年的波兰入侵军队。该教堂1936年曾被当局下令拆毁。1991年苏联解体后，东正教的信徒们自愿筹款，于1993年仿照原来教堂的样子复建。它具有俄罗斯东正教典型的建筑风格，浓墨重彩，红白绿相间，十分引人瞩目，也引发我们的深思。

红场的东面是莫斯科最大的商业中心古姆百货商店，占地4.7万平方米。古姆建于1893年，与其说它是商店，不如说它更像宫殿，其实它就是由早期的皇家宫殿改建的。而今，走进这家商场，不一定购物，却为了浏览一下，记住它的模样。它就是俄罗斯商业的一个缩影。

在红场的一角，一个平平常常的花园内，有著名的无名烈士墓，它建成于1967年胜利节前夜。正面朝北、东西走向的深红色大理石陵墓上陈设着钢盔和军旗的青铜雕塑，造型简洁明快，蕴意肃穆深长。墓前有一个凸型五星状的火炬，五星中央喷出的火焰，象征着烈士的精神永远光照人间。

不灭的火焰从建成时一直燃烧到现在。墓碑上镌刻着："你的名字无人知晓，你的功勋永垂不朽。"

是的，名字是一个符号。但，有的人活着，却仅仅好似一个活着的符号而已；有的人走了，他的符号却没有离去，永远让人铭记着他的精神……

红场上及周围的故事，不仅仅是这些，却给我们带来无尽的思考。

回首红场，那铺着灰色石块的地面，好大的一片场地。虽然，它不"红"，但是，无名烈士墓前的不灭之火，始终是红彤彤的。这把火，一直燃烧在人们的心里，点亮了这个城市……

不变的克宫塔楼

没有去过俄罗斯之前，总以为克里姆林宫好像就是俄罗斯的“中南海”！其实不然，“克里姆林”一词在俄语里表示的意义是“内城”。当走过俄罗斯几座克里姆林宫后方知，俄罗斯的历史上，因为战争的缘故，克里姆林宫就是一种防御建筑和城市形态。

在古俄罗斯，为了抵御外敌的入侵，通常会在城市周围建起高大雄伟的城墙，包括塔楼和枪孔。后来在城墙之外出现郊外商区，为了保护商区又修建了新的城墙，这样一来，人们就把被城墙环绕起来的城市中心称为“克里姆林”。在古俄罗斯，只有修建了这种城墙的聚居地才被认为是“城市”。

这些军事防御城墙主要分为三种：木质结构、木石混合结构和石质结构，出现最早的是木质结构，早在 9 世纪以前斯拉夫人为了保护领地开始修建简单的木质城墙，后来随着社会发展，出现了更为成熟的石质结构。在俄罗斯至今还有超过 50 座大大小小的“克里姆林”，其中，有的保存完整，像著名的莫斯科克里姆林宫便是其中杰出代表；还有一些建筑由于年久失修，只保存了部分或已经处于残破状态。

莫斯科克里姆林宫始建于 1156 年，最初只是一座木结构的城堡，后来逐步发展起来。它位于俄罗斯首都最中心的博罗维茨基山岗上，南临莫斯科河，西北接亚历山大罗夫斯基花园，东南与红场相连，呈不规则三角形。保持至今的围墙长 2235 米，厚 3.5 ～ 6.5 米，高 5 ～ 19 米。围墙上有塔楼 21 座。

至于克里姆林宫尖顶上的五角星，其实，也并非只有一颗。有 5 座最大的城门塔楼和箭楼装上了红宝石五角星。

莫斯科克里姆林宫城墙绵延环绕 2000 多米，21 座塔楼相连。其中，最高的塔楼是圣三一塔楼，高 80 米。

别克列缅什夫斯基（莫斯科沃列茨斯基），铅笔形的塔楼，高 46.2 米，造型优美，在天际线上格外美丽。

康斯坦丁–叶列娜塔楼（季莫费耶夫斯基），呈四坡屋顶，四面还有 4 座老虎窗。

君士坦丁–海伦塔楼高 36.8 米，1490 年由意大利建筑师设计完成，名字来自同名教堂，是市民与士兵进入克里姆林宫的关卡，作为城门使用。

报警塔楼，其上部建有亭式的瞭望台。塔楼高 38 米，曾挂有大钟，卫兵登高瞭望，如发现敌情就敲钟示警。而今，早已没有报警的功能，只是为这里增添一个不同凡响的身姿。

沙皇塔楼，其腰鼓形的柱子撑起拱券，别具一格。它靠近着那座救世主塔楼，却没有救世主塔楼那般的名气，酷似一座小小的凉亭，恐怕也是塔楼群里最小的塔楼。据说，俄罗斯第一位沙皇伊凡雷帝曾在这里视察红场，由此得名。

救世主塔楼（弗罗洛夫斯基），也有人叫斯巴斯克塔楼。其上部外形为八角形，八个拱券，建筑外观为红白绿三色。救世主塔楼建于 1625 年，高 71 米。1851 年塔楼安装了 6 米高的黑色钟面的自鸣钟。大钟重达 25 吨，指针长达 3 米，巨大的四面自鸣钟与俄罗斯的天文钟相连，每逢整点，大钟就响起报时的音乐，这音乐响彻在莫斯科的上空。顶端是红宝石五角星。据说，五角星是十月革命后苏维埃政府改装的，早期是沙俄国徽双头鹰的标志。这里地处红场的西面，是红场与克里姆林宫相隔的城墙。塔楼凌空而起，异常雄伟。塔楼的下方是克里姆林宫通向红场的一座大门。

参议院塔楼，建于1491年，高34.4米，位于列宁墓的后方。绿色塔顶直接建在城墙上，是塔楼群里最古老的一座。

尼古拉塔楼，位于红场入口处，1491年战时遭炮火袭击摧毁，1917年重建，高70.5米。

圣三一塔楼，又名特罗伊茨克塔楼，建于1495年，高80米。在克里姆林宫塔楼中是最高的，也是现在的观光入口。

库塔菲娅塔楼，位于观光入口处，是所有塔楼中唯一一座没有封顶的塔楼。

此外，还有军械库（多棱）中塔楼、军械库（索巴金）角楼、司令（卡雷玛仕）塔楼、武器库（马厩）塔楼、博罗维茨基（普列捷琴斯基）塔楼，沃多夫斯沃德（斯维布洛娃）塔楼、报喜塔楼、泰尼茨基塔楼，以及同为1480年建造的第一无名塔楼、第二无名塔楼、彼得罗夫斯基塔楼，此乃最早的塔楼了。

那个名叫徽章的塔楼，已损毁，只留下空名而已。

塔楼的功能，早已随着历史的步伐而改变，但不变的是那容颜和形象，那是俄罗斯人的一种象征。

桥，圣彼得堡名片

桥是岛屿的手臂，是陆地的延伸。有水，就会有桥；有桥的地方，少不了水。两者就是这样的依附关系。

圣彼得堡由 42 个岛屿组成，继而衍生出 360 多座桥梁。这里，河道纵横交错，素有“北方威尼斯”之称。这里也被誉为一座桥梁博物馆的城市。

滨水的圣彼得堡，妩媚动人，美就美在静静流淌的河与交相辉映的桥，几多韵味，几多春秋。

这些形形色色的桥，造型别致独特，且历经沧桑，流传着许许多多的历史故事。

冬宫桥，是圣彼得堡结构最复杂的桥梁，横跨大涅瓦河。冬宫桥的设计迎合城市中心老式建筑群，又保持了城市的文化象征。它是连通圣彼得堡本土中心地区与瓦西里岛的一座桥梁。如今几乎在每张圣彼得堡的明信片上都可以见到这座大名鼎鼎的冬宫桥。它是圣彼得堡的象征之一，是各类庆典的主场。因此，它的“出镜率”是最高的，是圣彼得堡乃至俄罗斯最美的景观之一。

据悉，在圣彼得堡建设初期的很长一段时间里，没有固定的桥梁横跨大涅瓦河。彼得一世时期，没有把这一工程考虑在内。首先，因为建桥将影响运河通航；其次，彼得一世想要居民都学会驾船。当时，涅瓦河成为城市的主要交通干线，还创建了涅瓦河舰队，专门从事城市河流和运河运输。直到彼得一世去世后，大涅瓦河上架起浮桥。19 世纪中叶，出现了横跨涅瓦河的第一座固定桥。

约翰桥，可以说是圣彼得堡的第一座桥梁，连通了彼得格勒区与彼得堡罗要塞，1703 年，在兔子岛上拔地而起，通往要塞的约翰桥随着城市的发展应运而生。如今，每天有成千上万的游客和圣彼得堡市民踏上这座桥，前往彼得堡罗要塞。然而，很少有人注意到这座桥本身的魅力。瞧！露出水面的桥桩上，一些兔子雕塑惟妙惟肖。

施密特中尉桥，也是圣彼得堡第一座可开启桥梁，与冬宫桥一样可从桥中间开启，以便于船只在涅瓦河通行。施密特中尉桥始建于 1843 ～ 1850 年间，是圣彼得堡最早建立的桥之一，经历过多次维修重建。最大一次工程是在 1930 年拓宽了桥面，开桥的支撑点也移向桥中心。施密特中尉桥，也曾叫涅瓦桥。1850 年，因坐落在涅瓦河左岸的报喜广场和报喜教堂（1929 年拆除）而更名为报喜桥。1855 年，沙皇去世，报喜桥被更名为尼古拉耶夫斯基桥。1918 年，为纪念 1905 年率“奥恰科夫”巡洋舰起义的施密特中尉，大桥又被更名为施密特中尉桥。

阿尼奇科夫桥横跨丰坦卡河将涅瓦大街划为南北两段，早在 1716 年，人们就在丰坦卡河上修筑了木桥，当时这里是城市的边界线。目前的石桥在 1841 ～ 1842 年建成，1906 ～ 1908 年重建。圣彼得堡创建时期，阿尼奇科夫大校曾驻扎在此地，桥因此而得名。阿尼奇科夫桥拥有华丽的铁艺栏杆，桥头分立四组由雕刻家彼得·克洛特设计的雕像。雕像展现了驯马师驯服野马的不同瞬间，兼具力量与动感，让人过目不忘。

圣三一大桥建于1803年，是圣彼得堡最大的桥梁之一。其又称特罗茨基桥，是俄罗斯圣彼得堡跨越涅瓦河的一座开启桥，连接卡缅内岛大街和苏沃洛夫广场。这是第三座横跨涅瓦河的永久桥，1897～1903年建成，长582米，宽23.6米，最大跨度43米。该桥得名于其北端的旧圣三一大教堂。圣三一大桥的名字一改再改，最初称作“彼得堡桥”。由于邻近圣三一广场，1827年开始称为“圣三一桥”，1918年被称为“平等桥”，1934年基洛夫去世后改名为“基洛夫桥”，1991年恢复“圣三一大桥”之称。1892年，圣彼得堡举行了圣三一大桥设计比赛。来自俄罗斯和欧洲的16个工程师参与决赛，其中包括巴黎埃菲尔铁塔的设计师居斯塔夫·埃菲尔。最终，获胜者是两位来自法国的设计师。

大桥于1897年8月12日开始建造。当时的法国总统菲利·福尔出席了奠基仪式。1903年，圣彼得堡建城200周年时，圣三一大桥建造完成交付使用。

歌手桥是圣彼得堡市中心的一座桥梁，跨莫伊卡河，该桥是冬宫广场的一部分，桥梁得名于附近的宫廷乐团。

大奥赫塔河桥又叫彼得大帝大桥，建于1909～1911年间，由众多著名设计师以及工程师参与设计建造。大桥的基座、桥墩、塔楼均由花岗岩制造。

银行桥，是圣彼得堡的一座人行桥，位于中心区，横跨喀山教堂南侧的格里博耶多夫运河，建于1825～1826年。此桥因其两端分别盘踞的两头狮鹫雕像而闻名。狮鹫有着狮子的躯体和利爪，又拥有鹰的头和翅膀。银行桥的狮鹫，还有着飞扬的金色翅膀，是圣彼得堡的地标之一。据说，银行桥因其附近的联邦银行而得名，桥两端的狮鹫雕像则为了保护银行财产而存在，由此被誉为最有“钱途”的桥。

在圣彼得堡众多的桥梁中，人行桥仅有三座：银行桥、狮子桥、邮政桥。

接吻桥，其历史可追溯到 1738 年，最初只是一座由几块板子组成的木桥，只允许行人通过。后来，圣彼得堡浪漫而富有创造性的艺术家为桥梁涂上了颜色，大大美化了桥的外观。1758 年，桥梁改建，以适用马车通行。直到 19 世纪初，修筑了一座铸铁单拱桥，以花岗岩饰面，桥两头以方尖碑式路灯点缀。新桥长 41.5 米，最宽处达 23.6 米，是圣彼得堡最富浪漫情调的桥梁，是一个充满神话的地方。接吻桥跨莫伊卡河，可欣赏到伊萨基辅大教堂，是圣彼得堡的艺术家们最喜爱的桥梁之一。接吻桥的名字来源于一个到访此桥的商人波采卢耶夫的传说。据说，在这座桥上接吻的情人，可缔结稳固的婚姻，得到真爱。

埃及桥，是圣彼得堡市横跨丰坦卡河上的一座桥，位于海军部区。桥头竖立着铸铁狮身人面像。埃及桥始建于 1825 ～ 1826 年。1905 年 1 月 20 日，一队骑兵中队列队通过该桥时，埃及桥却不幸倒塌。目前的埃及桥重建于 1955 年。埃及桥的名字源于其独特的外观，反映了 19 世纪初俄罗斯对于古埃及艺术的浓厚兴趣。

铸造大桥是圣彼得堡最古老的桥梁之一，历史上经历过几次更名。20 世纪初曾经被叫做亚历山大桥（亚历山大皇帝大桥）。

顾名思义，整座大桥由铸铁框架建造，铸造工艺高超精湛，连桥身都装饰了圣彼得堡铸铁城徽。

游客流连忘返于圣彼得堡涅瓦河畔，静静地欣赏着每一座桥梁，久久徘徊不前。

在圣彼得堡，桥梁不仅是连接岛屿的大型建筑物，也是浪漫的约会地点，圣彼得堡的桥梁流传着许许多多的美丽童话。

每一座桥都有自己的特色，每一座桥都有自己的历史，当桥与水相连，他们就是天生的伙伴。当桥与城市相连，那么，它不仅仅是建筑物，它还是有生命的，它与城市共命运。它为城市平添几分艺术魅力，而城市则为它带来了灵气。

桥，就是圣彼得堡一张永恒的名片。

苏兹达尔黄瓜节

人称这是一颗镶嵌在“金环”上的钻石。

在离莫斯科东北方向220千米处，有个童话般的“金环”美丽小镇——苏兹达尔。

这座集中了自11世纪以来修建的50座教堂和修道院的小镇，可以称得上是俄罗斯历史和东正教的发源地。它完全保留了古代俄罗斯原始风貌，放眼望去，几乎看不到任何现代建筑。漫步在苏兹达尔，仿佛身处一幅幅古代俄罗斯油画当中。

小镇内的木质建筑非常有名，几乎所有公共设施与民居都是木质的。城内还有一座木建筑博物馆，展示着当地的建筑文化。目前，苏兹达尔以其众多的名胜古迹和优美的自然风光被列为世界遗产保护区。现有33座教堂、5座修道院和17座钟楼，其中列入世界遗产的就有3处。

克里姆林宫是苏兹达尔最古老的部分，始建于11世纪。克里姆林宫约1.4千米的防御工事迄今仍有保存，走在这些城墙上面，可以远眺周围的风景。克里姆林宫中心的圣母领报大教堂和钟楼、府主教官、迁筑的木造尼古拉斯教堂等，如今都已成了博物馆。

城乡博物馆，这里保存着具有俄罗斯建筑艺术风格的古代建筑群，是一座真正的古建筑代表作宝库。这座城乡博物馆建于1968年，是一座露天的木造建筑，当时木匠技术十分高超，整个建筑常常不用一根钉子。

城乡博物馆内有冬天教堂、夏天教堂（由于东北部气候寒冷，一般城市一定有冬、夏两个教堂，差别在于冬天教堂可以生火取暖），另外，还有民宅和商店，以及水井、水车、磨面粉用的风车。博物馆重现了一个几百年前的俄罗斯小镇，给人一种古老的感受。城乡博物馆散发的古老气息让人感觉仿佛时光倒流，回到了当时那个年代。

苏兹达尔当地居民主要靠种植黄瓜和其他蔬菜谋生，因而被称为“黄瓜富翁”。

这里真有个苏兹达尔国际黄瓜节，黄瓜节是俄罗斯唯一一个为蔬菜设立的特色节日。苏兹达尔是黄瓜的主要种植地，当地的黄瓜品质好、产量高，销往俄罗斯各地，当地居民就是依靠种植黄瓜来养家糊口。为了表达对黄瓜的喜爱，庆祝黄瓜的收成，当地博物馆提议于每年 7 月的第三个周六举办黄瓜节。自 2000 年起，黄瓜节成了苏兹达尔一年一度的狂欢节，主要活动为黄瓜装扮大游行、黄瓜种植交流、大师班、民间演奏、手工艺品展览、美食会等。

据悉，黄瓜的故乡是印度，12 世纪，它被引入俄罗斯，苏兹达尔成为黄瓜的主要种植地，这里的人们还专门设立了一个黄瓜节。因为，俄罗斯人的宴席离不开黄瓜。

可见，这里的人们对黄瓜很是钟爱，奉如神明，顶礼膜拜，还要为其设立一个普天共庆的节日。因为，黄瓜给这里人们带来了幸福和希望，人们就会感恩黄瓜所带来的一切……

谢尔盖开创的小镇

这不是神话，也不是传说。这是流传在俄罗斯的历史故事。

说到谢尔盖耶夫镇，就不得不提它的创始人——谢尔盖·拉多涅日斯基，小镇修道院前立着他的雕像。

谢尔盖出生于1314年，也有说是1322年。当年，这个叫谢尔盖的年轻人和他的兄弟来到莫斯科郊外的森林，想在这里建一所修道院，700多年前的这里除了熊和树，什么也没有！生存相当艰难，没多久，兄弟就跑了，说这里不适合人住，徒留谢尔盖一个人，孤苦伶仃……

虽说环境艰难，但谢尔盖可不是一般人，他勤劳善良，淡泊名利，靠自己的双手建立起了一个修道院。建好了房子后，谢尔盖接济收留附近的人，不论贫富，想住的都来者不拒，也不要求他们干活，都是自己一个人默默在干活，劈柴、种菜、缝衣等。他除了收留无家可归或者有家不想归的人，他还照顾老弱病残，对他们关爱有加。由此，他为修士们树立了善良勤劳的榜样，自然受到人们的敬重和爱戴，名声也越来越大。

谢尔盖开始传教的时候，俄国已从拜占庭帝国引入了东正教，但信仰它的人并不多，只限社会上层人士。在谢尔盖的努力下，俄罗斯中下层民众也开始信奉东正教。由此确立东正教在俄国的重要地位，小镇也因此成为“俄罗斯精神家园”之一。这正是谢尔盖的不朽功勋。

自 14 世纪以来，就有无数的朝圣者来这里朝拜。当时由于交通不便，即使从最近的莫斯科来这里也要花几天时间，不过，圣谢尔盖是俄罗斯的守护神，每一位信奉东正教的俄罗斯人都希望来这里朝圣。

时光荏苒，现在的谢尔盖耶夫是莫斯科的金环小镇之一，至今仍保持着俄罗斯乡村的传统特色。全镇以圣三一修道院为中心向四周延伸，但房屋却互不相连，并没有一条人们所常见的街道。

谢尔盖耶夫镇最重要的建筑是谢尔盖圣三一大修道院，修道院设计独特，没有一条路是完全笔直的，内有教堂、塔楼、博物馆、神学院等十几座建筑。修道院的核心是圣三一教堂，它被称为“白石神物”，外墙由白色石材砌成，顶部有金色大圆顶和小圆顶，显得十分明净安详。圣三一修道院存有 12 ～ 19 世纪的工艺品和 18 世纪的俄罗斯绘画，还藏有多种民间艺术品。

走进修道院，首先映入眼帘的是中央的 5 个漂亮的“洋葱头”式屋顶，中间的一座为金光闪闪的金顶，其他 4 个都为蓝色，点缀有金色的星月图案，这就是著名的圣母升天大教堂，是仿造莫斯科克里姆林宫的圣母升天大教堂而建的，教堂内有 17 世纪的壁画。这里收藏着无数古俄罗斯绘画精品、贵金属和宝石古董，它是一座国家级的博物馆，也是俄罗斯重要的宗教中心。

人们一走进教堂，就能听见纯净轻柔的歌声。教堂面积不小，信徒也很多，天籁般的歌声回荡在整个教堂里，也久久回荡在每一个人的心里……

谢尔盖那种筚路蓝缕的创业精神，永远感召着后人！

风情的叶卡捷琳娜宫

这是以俄罗斯女皇的名字命名的城市——叶卡捷琳堡，始建于 1723 年，用来纪念彼得大帝之妻叶卡捷琳娜一世。

叶卡捷琳堡与叶卡捷琳娜有着渊源关系。

叶卡捷琳娜一世，是俄罗斯罗曼诺夫王朝第 6 位沙皇。她是波兰立陶宛联邦的农民之女，皈依东正教后更名为叶卡捷琳娜·阿列克谢耶芙娜。大北方战争中，她成为俄军的俘虏，不久为彼得一世所宠。丈夫死后，得到近卫军的支持，于 1725 年加冕成为俄罗斯帝国皇帝。

这个城市中，还有一座以女皇命名的宫殿——叶卡捷琳娜宫（沙皇村），其乃第一位物主。

叶卡捷琳娜宫，最早称“萨丽”庄园，为强调皇家领地的意义，便被称“皇村”。景区主要包括大宫殿和周围的花园园林。1990 年，被列入联合国世界遗产名录。

叶卡捷琳娜宫，最早是彼得一世为妻子叶卡捷琳娜·阿列克谢耶夫娜修建的消夏别墅。1717 年破土，7 年后启用，包括两层大宫殿豪宅及周围花园。1741 年，彼得大帝之女伊丽莎白·彼得罗夫娜登上皇位，对庄园进行大规模扩建，新建宫殿，扩展花园，还建起第一批园中建筑。1752 ～ 1756 年，曾经设计了斯莫尔尼大修道院、冬宫、彼得宫等建筑杰作的意大利人斯特雷尼，将这里改头换面，使之焕然一新，放射出奇光异彩。他还精心装饰宫殿内部，创作的一个个富丽堂皇的厅室成为巴洛克风格的经典之作。

改造后的大宫殿，长 306 米，超过了俄罗斯巴洛克时期的所有建筑。宫殿外墙呈蓝白黄三色。据说，天蓝色象征女皇的眼睛，白色象征女皇细腻的皮肤，金黄色象征女皇的头发。细看大宫殿内，回廊和过道相连，大厅小宫，首尾相继，金碧辉煌，琳琅满目，处处弥漫着女性柔美和娇媚的风韵。在这里，统治者香车宝马笑春风，尽情享受着奢华生活。

叶卡捷琳娜二世统治期间，皇村成为日益强大的俄罗斯帝国灿烂文化的缩影。她成为皇村的主人不久，遂颁诏将原来呈几何

形布局的花园改建成时髦的英国式园林。

闻名遐迩的琥珀屋更是传奇，它是 1716 年普鲁士国王威廉一世送给彼得大帝的礼物，墙面镶嵌有 6 吨多的琥珀和名贵珠宝，闪耀着从柠檬黄到金红色的光芒，辉煌无比，令人头昏目眩，难怪被人称为世界第八大奇迹。

整个叶卡捷琳娜宫金碧辉煌，使用的黄金、珠宝和琥珀等以吨来计算，奢华无比，成了一代女皇至高无上权力的缩影。然而，当年的统治者为自己营造的安乐窝，经过有限时间的享受之后，并不能随同其离去而带走，留给后人的是诸多的话题。

其实，这个叶卡捷琳娜二世，是俄罗斯历史上有名的“情圣”，坊间多闻其放纵于轻浮浪漫之中。即使到了暮年，依然喜欢被那些衣冠楚楚的小伙子们讨好。她曾经写道：“要是没有了爱情，哪怕只有一个小时，我的心都会不满足，这真是不幸啊。”

“寝宫之王”波将金，他同叶卡捷琳娜二世的关系，是路人皆知的。当其失去了女皇的青睐后，便为叶卡捷琳娜二世物色面首。每一个被送入皇宫别院的新宠都会感受到女皇情窦初开般的激情，他们由此得到丰厚的奖赏，有的竟被封为国王。

法国哲学家伏尔泰曾经巧妙而委婉地批评女皇走马灯一样的风流韵事。

这些欧洲王室的另类史，同样在叶卡捷琳娜宫一次次地上演。只不过，翻篇的一页，成为历史，但却永远被记录在案。

风情万种的叶卡捷琳娜宫，风情何在？

金门，“开向”未来

金门，是弗拉基米尔的一处古迹，也是俄罗斯人曾经的心中之“门”。

弗拉基米尔城位于莫斯科东北 190 千米处，在克里亚济马河河岸，是一个比莫斯科还要古老的都市。被誉为古代俄罗斯文化的一颗珠宝。这座城市始建于 1108 年，弗拉基米尔一世大公在此建城，城市便以他的名字而命名。

弗拉基米尔一世何许人也？他是蒙古人入侵之前最有作为的罗斯君主，对罗斯国家的版图、宗教、文化、法制等方面影响很大。他在位期间向西扩展了国土，加强了大公对全国的控制力。987 年，弗拉基米尔应拜占庭皇帝巴西尔二世的要求，帮助镇压了小亚细亚的暴乱，并迎娶了巴西尔二世的妹妹。

15 世纪后罗斯首都迁往莫斯科。

几个世纪过去了。弗拉基米尔成为莫斯科的金环小镇之一。历史就是这样无情，曾经的首都，“沦落”为一个市镇。这不是历史在开玩笑，而是历史的一种选择而已。

如今的弗拉基米尔，尚存的老城门——金门，是仿造基辅金门，于 12 世纪中叶建造。

历史上的古城，曾经有 5 个外门和 2 道内门，分别以“金”“银”“铜”等命名，如今仅存这一座门。金门位于现在城镇中心附近，实际上是座罕见的军事建筑，象征着弗拉基米尔的江山固若金汤。要塞大门是用橡木包铜再镀金，所以称为“金门”。在建筑上方，有一个象征胜利的白石拱，建筑坚固，墙壁厚实，其见证了历史的沧桑巨变，仿佛在诉说逝去的历史往事。4 层楼的地方是金门的博物馆，博物馆以历史文物和场景向游客介绍弗拉基米尔的沧桑历史。

那座德米特里教堂，举世闻名，是弗拉基米尔最美丽的教堂，建于 12 世纪。它采用俄罗斯东北部最传统建筑样式：窗户小，以白色石灰岩所建。采用石灰石是因为质地较软、易于雕刻之故，正面墙上雕刻着耀眼的动植物和狩猎的景象。此教堂也是现存此类建筑中唯一外观有雕刻的一座，独具一格。

盘桓于古城与教堂之间的是悠悠的小路。金门之下，蓦然跳出一个提问：如果弗拉基米尔一直延续作为首都，那它会怎么样？如果这里是首都，那么，金门就是俄罗斯“第一门”啰?!

历史没有如果。首都自有首都的繁华，小镇自有小镇的悠闲。角色不同，但处于一个大格局中自然有着各自的生活和命运。这是无法重新选择的!

金门，从历史“开向”未来……

补上同安徒生的“握手”

在斯洛伐克的首都——布拉迪斯拉发，小小的主城区，街头巷尾倒是有不少雕塑，形态各异，或者庄严肃穆，或者诙谐逗趣，或者半庄半谐。尽管不知其名，但权作旅游一景。

这座拿破仑士兵雕像，人称是“城市的徘徊者”。为何徘徊？据说，这是当年拿破仑军队的一个法国士兵，因为掉队而永远留在了斯洛伐克，并徘徊在布拉迪斯拉发的中心广场。他双手把着长条椅子的靠背，一副迟疑的眼神期盼着什么。他守望着，期盼当地人的接纳？或许在期盼自己队伍的回归？不知道多少时光已经流逝，迄今他仍然在这里守望着。

那座叫“银先生”的雕塑，他的通身银色，闪闪发光，质感很好，恍惚间觉得它就是一个活生生的人物。他的守望就是为每个路人献上一份热情。他是这座城市热情好客的形象大使。

那个“狗仔队”的雕塑，活生生一个“狗仔”形象，但还在聚精会神地“抓拍”着，敬业精神，可见一斑。这也是当地相当出名的雕像，出镜率极高。

远近闻名的“守望者——工作中的男人”，位于老城的一个交叉路口。这座雕像是一个戴着头盔的下水道工人，被当地人称为“水道工古米”。雕像是铜质的，金黄锃亮，熠熠发光。雕像上半身露出井盖，趴在人来人往的人行道边。雕像，是无言的生命象征。它的守望，却沟通着你我。布拉迪斯拉发正是用这种艺术的形式守望着未来。

圣马丁教堂门前广场上这座雕塑是用钢材制作的，造型比较严肃，色彩是全黑色，原来这是犹太人纪念碑，其所用的钢材取于身后不远处“二战”时期被炸毁的一座桥梁。

前几年，在国家歌剧院前的赫维兹多斯拉夫广场，还看到过几座雕像，因为是人物的塑像，又不知道其尊姓大名，也就匆匆而过。后来，读到著名作家叶辛的一篇散文《和安徒生握手》，说的就是这里的一尊雕像的故事：

“和安徒生握手，是在布拉迪斯拉发的大街上。

我这么说，读者一定会以为我是在说梦话。安徒生早于1875年离开人世，况且他是丹麦人，怎么可能和我在斯洛伐克的首都握手。但那却是真的。不单我走上前去和他握了手，还有

各种肤色的游客主动上前去和他握手。有的人一边与他握手，一边还抚摸他的巴掌，依依不舍地不想松手。以至于人们把安徒生的手握得闪闪放光，亮晶晶的。

我这么一说，读者就明白了——这是在和安徒生的铜像握手。”

阅读之余，茅塞顿开。原来，这个广场上还有座安徒生的塑像。于是，在我心中留下几许的遗憾。

当我再次来到布拉迪斯拉发旅游，便慕名找到“安徒生”，拜谒之余，仔细观赏着雕像：其身上还雕刻着说悄悄话的小人物和脚旁的蜗牛，其背后的“身上”雕刻着“皇帝的新装”里光着身子的国王、小锡兵和“丑小鸭”里的天鹅等图案。此时此地的安徒生，低头沉思，或许他正在酝酿着新的童话。或许，他还在计划着下一趟旅程。 有人说安徒生曾于1841年拜访过布拉迪斯拉发，这里的街道是安徒生的最爱，也有人说《卖火柴的小女孩》与《丑小鸭》都是以此城为背景所创作。

我终于“补上”了这一次同安徒生的“握手”，心里颇感旅游的价值所在：安徒生终生奉行“旅游就是生活”，我们不妨在生活中旅游，去面对新的生活……

芝加哥的凤凰涅槃和西雅图的“尊重”

芝加哥和西雅图，这是两个不一样的城市，但异曲同工，有着同样的城市精神。

1871 年，芝加哥一场大火 3 天内烧毁城市 1/3，但重建后的芝加哥成为美国第一个拥有摩天大楼的城市，也成为建筑设计师的最佳舞台，形成了芝加哥学派。密歇根湖畔，建于 1974 年，高 110 层 443 米的西尔斯大厦，它是这里最高的建筑，是芝加哥的象征。

密歇根湖，有“滨湖宝石”之称，美丽的湖光给城市增添了迷人的色彩。站在湖边，以高楼大厦作背景，深感这座城市的气势与活力。这种“因祸得福”的现象，并非天生而就的。没有脱胎换骨的煎熬，没有困难汝成的奋斗，那么，芝加哥还是一个“火烧的城市”而已，真如凤凰涅槃一样，不经过浴火怎能飞出金凤凰?

站在西尔斯大厦 103 层的瞭望台，俯瞰芝加哥和密歇根湖。我们被这鳞次栉比的高楼大厦所折服。密歇根湖畔的建筑如此之密之高，是芝加哥的奇迹。难怪，这里成了“芝加哥建筑学派”的发源地。因为，英雄有了用武之地。

芝加哥就是这样凤凰涅槃的，凸显了它的城市精神。

追溯西雅图的历史，原本是原住民的部落。而这个城市的名字，也是从原住民的一位酋长席尔斯的名字演化而来的，可见对历史、对原住民的一种尊重。这也是一种城市精神。

导游说，到了西雅图，不去太空针塔，就像到了巴黎没有去过埃菲尔铁塔那样遗憾。这番话，说得我们心里痒痒的，想赶紧一睹为快。太空针塔是美国西北部的一座主要地标，位于西雅图市中心。为迎接 1962 年世界博览会，西雅图兴建了这座标志性建筑。

走近太空针塔，只见细长的塔身呈三足鼎立形状，线条流畅，风格简约，塔顶宛如一个太空的飞碟，充满现代神秘色彩，颇具时尚风格。我们乘坐时速 16 千米的升降机上到塔顶，全程大约 43 秒。这高耸入云的太空针塔高 184 米，可以承受每小时 320 千米的风力和 9.1 级的地震，可谓钢筋铁骨一般。

在瞭望台 360 度地俯瞰西雅图全景，远方的雷尼尔山、奥林匹克国家公园及普吉湾等，尽收眼底。

太空针塔是现代化的西雅图的象征，而西雅图这个名字却是传统的继承和历史的文脉。两者在这片土地上交融。这就是一个新的西雅图的来历。尊重历史、尊重先人，就是尊重文化、尊重传统。简言之，就是尊重自己。

这个城市就是从历史中走过来的……

转悠“地球村”

纽约，东河畔，一座39层的板式玻璃幕墙建筑前，一杆蓝色的旗帜，迎风飘扬。旗面上是一幅从北极看去的世界地图，周围有一个橄榄枝圆环围绕着的图案，这便是联合国的徽记，白色的徽记置于浅蓝色底旗的正中，格外夺目。原来，这里就是“地球村”——纽约联合国总部。

导游安排参观联合国总部，事先已同参观处联系登记，约定时间和人数，并选定联合国接待参观的中文导游来讲解。

我们如约来到联合国总部大门前，导游介绍着联合国的历史。“二战”结束后，各方就联合国总部的选址问题，各执一词，经投票决定设在美国，起初在纽约第五大道旁的洛克菲勒广场的一幢大楼里安家。1947年，美国石油大王洛克菲勒在纽约东河畔买了一块地皮，以1美

元卖给了联合国，这就是今天的总部地址。原址上则留下了当时的 52 个成员国的国旗，如今在洛克菲勒广场上依然可见，且成为一个旅游景点。新的总部大楼建筑群则由秘书处办公大楼、会议大楼、大会堂及图书馆、停车库等组成。而联合国的主要机构，即大会、安全理事会、经济及社会理事会、托管理事会、国际法院和秘书处，除国际法院设在荷兰海牙外，其他 5 个均在此办公。

进入铁栅栏组成的围墙内，映入眼帘的是会员国国旗广场，一长排整齐划一的不锈钢旗杆上，一面面五颜六色各式图案的旗帜，猎猎作响，点头致意，好像在欢迎来自世界各地的游客。

小广场上摆放着几座雕塑，不同凡响。有我国赠送的一座青铜鼎，有苏联赠送的“铸剑为犁”的雕塑，还有一座名为“非暴力”的雕塑，是一把巨大的左轮手枪，而枪管上打了个结，寓意着呼吁全世界停止一切暴力，追求世界和平。这座雕塑非常有名，在瑞士洛桑奥林匹克纪念馆前，也同样仿制了一尊，可见人们对和平理想的追求之切。

步入大厅前，要经过严格的安检。在大厅内，各种肤色的游客均在耐心等待导游的安排。我们预约的中文导游是在下午 1:20，尚差半个小时，趁着等候之际，我们抓紧参观大厅。一面墙上悬挂着历任联合国秘书长的照片，姿态各异，却栩栩如生，他们中有的已经谢世，但人们永远将他们定格于镜头里，收藏于心目中。而由联合国徽记和会旗所构成的一角，是专门为游客留影而准备的，只见游客们兴致勃勃，一个个排着队上前站位拍照。

我们先来到了会议大楼。在安全理事会会议厅，天棚上的灯盏已全部打开，这一场景熟悉又陌生。按圆形摆放着会议桌和椅子，圆形中间是一张长条桌，四周放着 12 把椅子。会场正面是一幅挪威艺术家巨大的油画壁画，画中描绘的是长生鸟从灰烬中再生的场面，象征着人类从“二战”中凤凰涅槃的精神。据说，这个会议厅由挪威赠送，并由挪威建筑师设计。

走进一个会议厅，灯光并不敞亮，尤其是公共走廊的天花板，暴露着各式管道，令人疑惑，怎么这个会议厅工程迄今还未完工？其实，这是一位瑞典建筑师的杰作，他的用意在于，用“未完工”的工程来提醒人们，全世界所面临的经济、社会、妇女、儿童、人口、环保等一系列经济社会问题，有待于人们不断地去探索解决。原来，这就是联合国经济和社会理事会会议厅。它是由瑞典赠送的，室内的木料均是采自瑞典的松木，难怪，会议厅内的桌子、椅子大多为实木，简洁实用，体现出一种瑞典风格。

相邻的托管理事会会议厅则是由丹麦赠送的，由丹麦建筑师设计，墙上镶嵌着白蜡木，因此，会场的音响效果颇佳。不过，因为是闭会期间，我们无法享受美妙的丹麦音响。

顺着会议大楼的走廊而行，仿佛进入了一个艺术博物馆。沿墙悬挂或摆放着各国赠送的礼物，有印象派、抽象派的油画，颇具艺术造诣的挂毯，风格独特的金属画，也有大型的船模，插满各国国旗的联合国大楼的精美模型，更为赞叹的是由我国赠送的牙雕《成昆铁路》，一列火车在高架桥梁上飞驰，车厢的窗户、火车的车轮，精雕细刻，真可谓巧夺天工，美不胜收。1984 年，

“成昆铁路”牙雕与苏联第一颗人造卫星模型、美国“阿波罗”宇宙飞船带回的月球岩石，作为象征人类进入宇宙、征服自然的3件划时代物品，被授予“联合国特别奖”(注：几年前，这件牙雕已经被中国代表团撤回)。

来到著名的大会堂，这是联合国总部最大的一个房间，能容纳1800人。宽敞的屋内只有正面主席台上的灯亮着，联合国徽记镶嵌于中央上方，显得如此宁静和肃穆。各国代表席上的席卡牌子依然如旧，而激荡的风云仿佛在此停步。但当年中华人民共和国恢复席位的瞬间，仿佛就在眼前一般。环顾四周，装饰大气且朴实，挑空的大厅，好似可以容纳地球的一切。导游介绍，大会堂这里不接受任何国家的捐赠物品，以体现国际性，唯一的两幅抽象派壁画是无名氏送的。

临别，我们来到纪念品商店，这里有个专柜，正在为非洲儿童募捐，我们挑选了几件T恤衫，权作纪念，同时，以此为遥远的非洲儿童献上一份爱心。

因为，我们同在一个地球村。

尼克松图书馆里的“握手”

在洛杉矶橙县的尼克松图书馆，被那尊周恩来和尼克松的历史性“握手”的雕像所震撼，也勾起我们对那段历史的追忆。

1972 年 2 月 21 日，在北京首都机场的美国总统的专机旁，中美两国领导人第一次握手，它标志着一个中美关系新时代的开始。周恩来对尼克松说：“你的手伸过世界最辽阔的海洋来和我相握——25 年没有交往了呵！”如今，这次历史性的握手被永远定格在此。

导游介绍：在几个美国总统的图书馆中，尼克松图书馆反映美中关系的部分最多，因为尼克松是中美关系的开拓者。

我们在展览厅重温了尼克松 1972 年历史性访问时发表的《中美联合公报》。温故知新，再肃立在“握手”的雕像前，我们看到了这是两个大国之间的一次历史性的“握手”，更是两种文化的一次历史性“握手”。

这座尼克松图书馆建于 1990 年 7 月，耗资约 2400 万美元。馆内有一个拥有 200 多个座位的戏院和一个专门介绍尼克松生涯的博物馆。尼克松的家离图书馆不远。整个建筑物占地 9 英亩。每年参观尼克松诞生地和博物馆的人约有 20 万。

导游讲解说：这里集中保管和收藏尼克松总统档案文件和其他历史资料，包括各种文献、手稿、书籍、音像制品、纪念品等。

当我们即将离开图书馆时，回首远望那洁白的具有明快的地中海风格的建筑，那两双“握着的手”再次进入我们眼帘。

飞天之梦

“发现号”航天飞机结束近30年的航天生涯，于2011年2月踏上绝唱之旅。然而，位于佛罗里达州的肯尼迪航天中心，作为飞天之地，依然是游客的旅游佳地。

离开奥兰多市中心，导游开车将我们送到航天之城——肯尼迪航天中心。在一大片沼泽绿野上，矗立着一大片乳白色建筑。抵近一看，宽敞的广场上安放着退役的航天飞机和各式火箭等，林林总总，颇有气势，不用细问，航天中心到了。

游客服务中心播放着介绍航天工程的专题片。据说，这里还是世界上最大的航天飞机发射场，人类首次登月任务就是在此出发的。美国现有4架退役的航天飞机，分别陈列于华盛顿史密斯索尼亚航天航空博物馆、加州科学中心、纽约英勇号海洋航空博物馆，而阿特兰蒂斯号则正是留在这里的那架。

坐上航天中心的专用大巴，朝航天飞机发射场驶去。从明亮几净的车窗里远眺，绿野里一幢高大的建筑格外令人瞩目，外墙面被刷成美国星条旗的图案。导游介绍，那里便是总装大楼。大巴继续朝东行驶，公路一侧是用石子和沙子铺就的两条便道，平整简便，一直通向远处的发射塔。

一二十分钟后，我们来到了参观平台。这参观平台是一个以钢结构为主的建筑，足有半个足球场之大，五六层楼高，有电梯上下，也可沿铁架子的扶梯步行。在第二层中间，悬空放置着航天飞机巨大的发动机，裸露的机身灰黑色，而缠绕于此身的赤铜管铜丝，密密匝匝。透过粗粗的喷气口，细察到这可是货真价实的实物，发动机工作时喷出的烈焰早已将此熏黑，留下航天之路的历史痕迹。

爬上平台的最高一层，倚栏远望，近处尚有零星树丛，几里地外则是沼泽一片，极目深处则是蔚蓝色的大海。而绿野沼泽深处，矗立着白色的发射塔，铮铮铁骨，傲然挺立，巨大的身影，突兀其间，格外醒目。

参观平台旁有个专门的陈列室，摆放着航天飞机的模型和资料照片。尤其是一座波音飞机驮着航天飞机的模型，令人称奇。不过，大幅图片及文字说明告诉我们，在航天飞机的 100 多次发射中，因为天气等原因，其降落在其他地点时，就用波音飞机将

其驮回这里，这就是“飞机驮飞机”的故事。这绝非天方夜谭，这是人类奇思妙想的创造。

我们坐着大巴来到了航天纪念馆。硕大的展览大厅里，水星号、双子星号、阿波罗号火箭等一展尊容，尤其是一枚巨大的火箭；据说，这是美国最大的土星 5 号火箭，几十米的“大个子”，其尾部 5 个喷火口，每个直径足有一人多高，站在其底下，顿觉自己微不足道。一个卫星返回舱，透过打开的舱门，狭小的空间里众多仪表和繁杂的线路暴露在眼前，仿佛打开的一部天书般，为每个参观者设置了一个又一个的问号。外形特殊的宇航服，给人一种新奇感，这种臃肿模样的服饰，身上竟有不少管状的物体缠绕着；据说，这是宇航员工作时的连接管线，以确保工作和生活之需。而那些各式的宇航头盔，都是众多宇航员使用过的。最为吸引游客的是陈列着的月球车、人造卫星等实物，供人观赏。

在一个陈列橱窗前，黝黑的环境里，只有一盏射灯打在立体玻璃橱窗的中间，内有一块从月球上带回来的“石头”。“可上九天揽月”，这早已不是什么呓梦，这块朴实无华却极不平凡的小石子，它见证了人类的聪明才智和探索宇宙的雄心。你瞧，游客们纷纷通过立体橱窗上的空格，将手伸入其内，去直接触摸这块“天外之石”，仿佛留下一个飞天之梦。

夜游快乐岛

快乐岛，这是美国奥兰多布埃纳维斯塔湖畔一个小小的半岛，也是奥兰多迪士尼世界度假区一处休闲游乐之地。

奥兰多迪士尼度假区足有120多平方千米之大，而每天数以万计的游客需入住。傍晚时分，游客们纷纷走出迪士尼乐园大门，在度假区内去寻觅一个可以享受夜生活的地方。于是乎，快乐岛正是想游客所想，为游客所建。

晚风轻轻吹拂着维斯塔湖，浓密的橡树林，倒影在湖畔水面，一群群野鸭和水鸟在游弋嬉戏。随着一辆辆标有迪士尼度假区醒目标志的穿梭巴士的到达，一张便捷的公交网将散落于30多家宾馆及迪士尼各主题乐园的游客免费运送至此。

快乐岛，伴着快乐的游客，轻轻拉开了夜生活的帷幕。

兴致未减的游客，一到快乐岛，又来寻找游乐场所。

坐上游轮，在湖里游览一番，从另一个角度观赏快乐岛，尤其是快乐岛的夜景，这绝对是一种享受。抑或，三五亲朋好友，合租一条小船，悄悄驶入宁静的湖面，抛上鱼饵钓上一阵，无所谓多少收获，放松一下一天游园的疲劳，手握钓竿闭目养神也是另一种惬意。

那座半露天的剧场，还有那名为“今晚在这里欢庆”的街头派对，游客们可以来一番自娱自乐。

乘坐热气球飞行，则更适合那些乐于探险的游客。在好莱坞星球桥旁，购票就可乘坐。随着热气球的渐渐升空，你可以鸟瞰快乐岛上的夜景，或许还可以眺望迪士尼乐园里的灰姑娘城堡上绚烂多彩的焰火。如此美景，令人心旷神怡。

快乐岛上的游乐场所，夜夜笑声不断。“迪士尼探索”的室内主题公园是一个以互动参与为主的项目，深受家长和孩童的欢迎。“蓝调之家”“AMC 快乐岛戏院”，则常年举办演唱会或演戏放影，成为歌迷、戏迷、影迷的喜爱之处。值得一提的是观看“太阳剧团”的表演。这个闻名遐迩的剧团曾到过世界上 100 多个城市演出，而其将马戏团现代舞相结合，兼顾幽默和戏剧表演，并辅以原创音乐和舞台灯光，丰富着奇妙梦幻的夜生活。

快乐岛，也是一座“世界风味餐厅”，各式餐饮在此竞相献技，满足了来自世界各地游客的口味。

那家临湖而建的“杰克船长酒吧”，以特色海鲜为长，新英格兰蛤蜊浓汤、蟹饼、鸡肉凯撒色拉和海鲜意大利面，这些是招牌菜。“热带雨林咖啡厅”，店内营造了一种身临其境的氛围，让游客边就餐边感受雨林风光。名叫“伯爵”的小店，专门供应三明治和自制的柠檬水，颇受喜爱简便快速食客的欢迎。“波托贝洛”以意大利美食为主，尤其是室外湖畔的座位，在遮阳伞下，各式比萨、面食和甜品，游客大快朵颐。“天堂 37”则以北美、中美、南美洲菜肴名扬乐园。而那些奔波一天的游客，最喜欢寻找一个咖啡的雅座，于是乎，大大小小的咖啡馆以及不少餐厅沿街的小桌，都是品尝咖啡、小憩的理想之处。

商家为招揽游客，各有其招。恐龙餐厅，由巨大的恐龙骨架做成店招，而餐厅则设在恐龙山内，走进门洞，以恐龙为装饰主题的餐厅，别具一格。瞧，那头剑齿龙伸出“头”来，其下便是餐桌和食客，似乎在与恐龙共进晚餐，难怪此地最能吸引孩子们来就餐。再看菜单，连菜名也古怪：白垩纪鸡、侏罗纪虾串烧、剑龙牛排、猛犸象鸡，简直就像回到了恐龙时代，令人颇有新奇感。而有的餐厅，则集娱乐、餐饮、酒吧为一体，以吸引各色人等在此消费。“爱尔兰酒吧餐厅”，供应爱尔兰式的菜肴和酒类。宽敞的六角形大堂内，上百的游客比邻而坐，一侧舞台则以经典的爱尔兰踢踏舞和演唱博得满堂喝彩。每当踢踏舞发出“咔咔”的蹬足舞步的响声时，游客竞相击掌呼应，台上台下，相互联动，气氛热烈，这比菜肴的味道更入口，也更让人难忘。当然，餐厅的另一处是火车座位式的包厢，供客人边吃边聊。

在快乐岛，更为快乐的是尽情购物。颇具迪士尼特色的商品比比皆是，足以让你目不暇接。“迪士尼艺术”的画廊，以版画、雕塑、水晶制品等迪士尼经典艺术为特色。而以“迪士尼人物装饰品”为主的专卖店，足以让你选购到心仪已久的迪士尼偶像的装束，瞧那些男童女孩，酷爱米奇、米妮，接过装束便直接穿戴上了，现场一看，到处是“米奇”“米妮”。在那家专门设计个性迪士尼图案的 T 恤店，游客可根据爱好，选择自己尺码的 T 恤，随后在电脑上选择自己喜爱的迪士尼人物，如海盗、皮克斯、公主，再配上文字。30 分钟过后，一件独一无二的个性 T 恤便制成了。难怪快乐岛上穿着稀奇古怪 T 恤的大有人在。

对于爱好体育的青少年来说，“米奇运动俱乐部”商店不可不去。据了解，凡是迪士尼故事中所涉及的体育项目，包括服装、体育用品等，一应俱全。最为齐全的是“迪士尼世界”商店，近5万平方英尺的营业场地，分门别类提供服饰、玩具、文具、珠宝、手表、计算机软件、厨房用品、纪念收藏品等，真是名副其实的“迪士尼商品大世界”。

当然，快乐岛上的一些“迪士尼特产”更是畅销品。在“高飞糖果店”，那五颜六色的糖果、巧克力，很是诱人，使得孩童们垂涎欲滴，欲罢不能。

夜色里的快乐岛，灯火辉煌，歌舞升平。游客在快乐岛上享受着快乐、传播着快乐、铭记着快乐。

这一晚的快乐岛上真的很快乐！

在“米奇之家”吃中餐

来到“米奇之家”——奥兰多迪士尼世界度假区，在尽情游玩之余，可以到数以百计的酒店、饭馆、餐厅、食亭去挑选来自世界各处的美食，大快朵颐一番。不过，在奥兰多迪士尼里，真正的中餐馆屈指可数。在“未来世界”里的“世界橱窗”主题园区，有一家“九龙餐馆”，据说是乐园里的中餐代表，老外们都说这里的中餐最“正宗”。

那天，我们在导游的引导下，兴致勃勃赶到这里来“解馋”。

沿着湖畔，步入园区，映入眼帘的是一长排类似北京故宫的宫殿式样的建筑，大斜坡屋面，高高探出的山墙屋脊，瞧那红色的外墙门窗、蓝黄色的琉璃瓦屋顶，还有那房檐上镇邪的兽群雕塑，雕梁画栋的建筑装饰，仿佛就是一个“山寨版”的皇宫。

一个拐弯，我们来到像城楼的建筑前，半圆形的拱门，稳重大方，门额上一块金色的横匾，四个金色的繁体字“九龙饭馆”，一旁外墙上几扇镂空玻璃窗，影影绰绰。几丛修长的青竹，婆娑起舞，给人以几许中华文化清风。

迈入大堂，入口两侧绝无国内饭馆那种一大排生龙活虎的海鲜河鲜，有人悄悄嘀咕：“这饭馆没有一点‘活货’，哪像中餐馆？”有同仁告之，这里的规定是不允许在饭馆当场杀活，但食物是绝对新鲜保质的。

环顾四周，有巨大的花瓶、红木摆件等古色古香的装饰，大红和金黄色彩的基调，凸显出富丽堂皇的皇室气氛。花纹格的屏风，透出一股浓浓的典雅之风。大堂中央的棚顶上几盏宫灯，带来一丝幽雅之气。西式小方桌，两张拼成长条桌，摆放有序，更符合老外的就餐习惯，也不失为中西合璧的布置。

入乡随俗，我们10多人将五六张小方桌拼接成龙，双双面对而坐。接过菜单：香山鸡、麻辣豆腐、宫保鸡丁、钓鱼台黄瓜色拉、上海牛肉和豆腐、九龙炒饭，瞧这菜名，足以勾起食欲。最有趣的是菜单上用英文写的叫“李鸿章包子”的菜名，我们面面相觑，不知何物。导游告之：此乃小笼包子。说得我们茅塞顿开，会意一笑。

因在乐园内就餐时间有限，我们各自点了一份“九龙盒饭套装”，每份18美元多。也不知这“套装”究竟是什么东西？这时到邻近的地方去“打打样”的同仁回来了。说是邻近的“莲花厅”里香气四溢，其以供应小吃快餐为主，如橙汁鸡肉饭、虾炒饭、素食饭、牛肉面等。

几个服务生赶紧送来西餐刀叉和筷子，供各位自由选择。10多分钟后，装在托盘里的饭菜套餐来了。一瞧，嗬，有一碗牛腩和一些绿叶蔬菜，还有一小碗牛肉汤和米饭以及凉拌卷心菜。当然，你也可以选择不吃牛腩，吃鸡肉或猪肉。当嚼起牛腩时，可以尝出肉质还是很新鲜的，就是感到味道一般，红烧的“色香味”均比国内的菜肴略逊一筹。牛肉汤也淡淡的，没有那种喷香扑鼻的感觉。凉拌卷心菜，因为加了浓浓的辣椒汁，才有麻辣感觉。不过，老外的中餐，就是给人清爽、无油腻之感。难怪有人这样评价：“这是西洋中餐，总归有‘洋’味。”看着邻座的老外食客吃得津津有味，只只盘子没有剩余食物，我们为这迪士尼乐园里的中餐馆感到些许庆幸。

令人难忘的是饭馆里有青岛啤酒，真想不到在远隔万里之外的迪士尼乐园还能品尝到“家乡的水”。

在“米奇”家乡的中餐馆，我们尝过“洋味”的中餐，仿佛又回到了自己的家乡。

CK 小镇的中世纪城堡

来到人称的“CK小镇”——捷克克鲁姆洛夫，我们被这里的中世纪风貌及自然景观所迷倒。

关于捷克克鲁姆洛夫城堡的最早证明，当然出自 1240 ～ 1242 年奥地利歌唱家里赫坦斯坦的诗歌。从 1253 年起第一次出现了关于克鲁姆洛夫的文字记载。拉丁文中的“克鲁姆瑙城堡”和老德文中的“克鲁姆伯诺夫”所表示的都是这片土地：“克鲁姆·阿息”的意思是“高低不平的草地”，指曲折的草地或水面旁的地方正好描绘出伏尔塔瓦河水道蜿蜒地环绕着这片土地的地理风貌。

克鲁姆洛夫的城堡是捷克最珍贵的历史文物之一，其价值不仅在于其数量众多的哥特式、文艺复兴式及巴洛克式建筑的整体，也在于它的每一个组成部分和细节。如绘有壁画或五彩拉毛粉饰的外墙、建筑外的雕塑作品、代表性的华丽装饰、带有横梁的屋顶或木板铺成的地面、丰富多彩的内部装修、世界上独一无二的歌剧院木制机械装置、面积广大的地窖、房顶的框架和山形墙、门楼或窗户的表现方式、灰泥装饰等都十分珍贵。

这座捷克第二大的城堡建筑群建于伏尔塔瓦河河谷旁高耸而凹凸不平的岩石上。这个小山上有将近 40 座中世纪和新时期的城堡建筑。与城堡相连的还有大约 11 公顷的城堡花园，其整个区域慢慢地向自然界延伸。以圆形塔楼为标志的一座座城堡，几百年来一直从高高的岩石上俯瞰堡下的民宅。

参观城堡区和建筑是一种诱人而激动人心的体验。在每一个白天和黑夜，城堡随暗形成独特的氛围和情调。最通常的入口是城堡的第一庭院。

原先城堡下居住着侍从和手工业者，在这里饲养家畜，所以，第一庭院以前叫做牧场。

第一庭院的建筑作为管理和经营的场所使用。它的建筑风格在几百年中发生了几次改变。这些从前哥特式的建筑逐步经历了文艺复兴式、巴洛克式和古典主义改造，有的为改变其用途在 19、20 世纪还在继续改造。如以前红门右边哥特式的建筑 57 号盐仓，它最先是麦芽厂，后来用作谷仓，从 1239 年起开始存放盐，这个名字一直沿用至今。

红门左边绘有五彩拉毛粉饰的 46 号建筑也曾改变过用途。它原先曾是罗施姆别克家族的宫廷侍卫和骑士的住所。17 ～ 19 世纪，这里是贵族诊所，从 1915 年起成为城堡药房。

新城防司令部的地下室，是捷克共和国最大的文艺复兴式地窖（长 48 米），原先曾作为马厩使用，可以饲养 100 匹马。后来这里成为啤酒仓库，19 世纪还被用作地方监狱，它的墙外就是熊谷。这座独特的建筑经过装修，如今成为城堡博物馆。在城堡博物馆里保存着城堡和城堡花园里的雕塑作品原件，为保护这些雕像，现在外面展示的雕像都是复制品。

城堡还有二、三、四、五等庭园，以及美术馆、花园、跑马场、巴洛克歌剧院等，构成其庞大的建筑群，气势恢宏，令人赞叹不已。

回眸城堡中高耸的彩绘塔，它是克鲁姆洛夫的地标性建筑，塔身涂装了彩绘，整个城堡都被色彩绚丽的波希米亚彩绘所装扮，在巴洛克式的奢华中透露出精致。

正如当地旅游书上所说：城堡“能让我们获得强烈的内心体验和感受，使我们感觉到历史的呼吸，让我们惊叹于它的美丽和浪漫。在捷克克鲁姆洛夫城堡的旅行使我们获得了彩色的回忆，从而忘了以前的压抑和不快”。

克鲁姆洛夫城堡始终保留着一股浓浓的中世纪气息。

皮尔森啤酒之广告词

几百年来，皮尔森生产的金黄窖藏啤酒——皮尔森啤酒的美名从这座波西米亚风格的城市传到了世界的各个角落。但在一跃为世界最著名的品牌之前，它曾经历了漫长的岁月。

捷克啤酒的历史可追溯到前3世纪前后，当地人用野生大麦酿造酒水。后来，酿造啤酒被置于修道院的监视之下。1295年，国王瓦茨拉夫二世成立了皮尔森市，允许本市所有市民酿酒，且不受职业限制，可在自家酿酒并出售。由此，皮尔森与啤酒源远流长的历史开启了，当地人始终热情洋溢地发展祖先遗留下来的事业。

皮尔森古泉啤酒声名远扬。19世纪初期，皮尔森作为皇城的光荣岁月一去不复返，经济地位降低，只能透过废弃已久的中世纪城墙来缅怀曾经的峥嵘岁月，似乎看不到美好的未来，于是掌握着传统酿酒工艺的皮尔森市民开始在家谋生，卖货物或做技术活，值得庆幸的是，只有他们可以在皮尔森市酿造和出售啤酒，这是当地自古以来的传统。不过，啤酒质量却每况愈下。1838年2月，皮尔森市民见证了一次不同寻常的景象。在市政厅门前的广场上，36桶当地人酿造的啤酒因口味不佳被倒掉。在当时的皮尔森，人人都可以酿制啤酒，因而啤酒品质大大降低，当地酿酒厂已无法与巴伐利亚的同行竞争。

正在这时，新一任皇家长官马丁·科佩克走马上任，此人极具创业精神，也能够从善如流。一个皮尔森市民委员会前往市政厅提出建议，即建设属于市民自己的现代化酿酒厂，采用最新酿酒工艺酿酒。市长马上批准了这一提议，一座现代化的酿酒厂很快出现在皮尔森城郊。

1842年秋，麦芽制造者约瑟夫·格罗尔在这座酿酒厂中酿造了第一批啤酒，味道甘冽，每个人都看到了皮尔森的这一宝贵财富，逐以自己的城市名字来命名啤酒，为如今享誉全球的皮尔森啤酒——底层发酵式窖藏 Pilsner Urquell 啤酒奠定了基础。最初，他们用马车送货，后来选用火车配货，皮尔森啤酒很快就找到了销往哈布斯堡王朝其他地区、欧洲市场乃至全球市场的通道。

如今，一代代皮尔森人精心维护着酿酒厂和出色的啤酒。皮尔森市以市名命名“皮尔森啤酒”，而皮尔森啤酒也让这座城市闻名全球，珠联璧合，大放异彩。

“闪闪发亮的金黄色酒液和丰富的雪白泡沫让我们见证了奇迹的出现。品尝之后心情变得无限欢愉，对啤酒回味无穷——这是过去的啤酒从来没有的。”

皮尔森年代史编者这样记载了它的起源，这也许正是皮尔森啤酒最好的广告词！

三座老城，在波罗的海怀抱中

你看，波罗的海将爱沙尼亚、拉脱维亚和立陶宛这三个小国怀抱于胸。千百年来，海水时起时伏，但海风依旧清新不变。这海水和海风见证了历史的脚步和时代的变迁。

塔林，从中文的角度来看，往往会望文生义，窃以为是一座“塔之林”的城市。其实不然，1219 年，丹麦人在此地建立城堡，塔林一词意为“丹麦城堡”。

不过，登上塔林的制高点，居高临下，映入眼帘的正是众多的教堂上的尖塔，林林总总，构成了老城的天际线。

自 1227—1229 年在这里建立了第一个石头堡垒之后，托姆比亚城堡就成了爱沙尼亚权力的象征。这座建于圣凯瑟琳时期的粉红色巴洛克式宫殿，现在是爱沙尼亚国家议会所在地。

老城里的托姆比亚城堡，历代堡主往往根据自身的需要和喜好对城堡进行重建。在堡垒的四角还建有四座高塔：“国之王冠”“锐矛磨具”“大败敌军”和“高大赫尔曼”。这里的“塔”是城堡型的“塔”，构成了塔林的另一道风景线。

塔林老城的“塔”，岁月流传了多少关于它的传奇故事。这座高 38 米的塔楼，叫“偷窥厨房”。当年，引入的咖啡极为珍稀，当局只允许权贵可以品尝。当时，由于这座塔楼很高，守卫的士兵可以用望远镜观察到下方邻近厨房，监视那些商人、市民是否有偷尝咖啡的，如果有则必将依法严惩。其实，居高临下，更有军事价值。这个巨大的15世纪塔楼，拥有4米厚的墙壁，曾经是波罗的海沿岸最坚固的炮塔，也是进入山丘下的秘密通道入口。

不远处是外形优美的处女塔，其实，当年这里是囚禁妓女的监狱，至今当地人还津津乐道有关这里的鬼魂显灵的恐怖故事。而马厩塔，在17世纪被用作牢房。那座造型特别的胖玛格丽特炮塔，直径为24米，又矮又胖，也曾用作监狱。追忆这些炮塔的往事，本是抵御外敌之用，却屡屡对付平民百姓。外形坚不可摧，但内心空空如也，仿佛统治者的自身形象。波罗的海涛声依旧，这些塔楼炮楼早换了人间。

塔林老城之“塔”，那是众多教堂、塔楼、堡垒等建筑形成的独特的“城市之塔”。从这个意义上来说，塔林不啻为“塔之林”。

里加是拉脱维亚的首都，位于波罗的海国家中心地带。里加可谓三个波罗的海国家中最大的城市。

要看里加的历史，那么需要去追寻历史留下的印痕，还有流传至今的传奇故事。当你盘桓于里加老城区域，看到那圆顶教堂、圣彼得教堂、圣雅可比教堂、圣约翰教堂、火药塔、瑞典门、里加城堡，以及博物馆和艺术画廊，便可侧耳聆听那些年里加老城的故事。

托姆斯基广场是老城的心脏，因广场上的托姆斯基教堂而得名。1998年，被联合国教科文组织列入世界文化与自然遗产保护名录。联合国教科文组织特别认为里加丰富的新艺术运动建筑是世界上独一无二的。不过，除了建筑，在民间那个有关风信鸡的故事更广为流传。

里加老城的每座屋顶上几乎都有一个闪光的金属制品，那是这个城市的标志——风信鸡。

在当地传统文化里，清晨公鸡的啼鸣，可赶走所有不祥。相传13世纪末，风信鸡就被里加人认为是避邪之物，因为公鸡被认为是吉祥的标志，能驱鬼避邪。鸡叫三遍，天亮之时，魔鬼就得返回地狱，后来里加人把鸡身涂为金色或者黑色，使之随着不同的风向转动，人们以此来辨别风向引导船舶进港。当金色一面对着城市时表示顺风，海上的船只可以进港；当黑色一面对着城市时，表示逆风，船只不能进港。几百年过去了，风信鸡早已不用来辨别方向，而成为这座城市特有的标志。它不仅仅是个风标和地标，早已成为里加人心中的“路标”。

有人说，你认识了维尔纽斯，就等于认识了立陶宛。

维尔纽斯老城的规模较大，面积达到3.6平方千米，是欧洲最大的老城之一。最有价值的历史文化遗迹都集中于此。老城内有将近1500座建筑物，分别建于几个世纪，形成许多不同的建筑风格交相辉映的艺术效果。

该市最重要的地标是位于小丘上的格

迪米纳斯城堡和山下的大教堂广场，形成一组错落有致的壮观建筑群，控制着进入维尔纽斯老城的门户。由于维尔纽斯老城具有独特的魅力，在 1994 年被联合国教科文组织列为世界遗产。

当时联合国教科文组织的评价是：维尔纽斯是 13 ～ 18 世纪末期立陶宛大公国的政治中心，在文化和建筑发展上对许多东欧国家有着深远的影响。尽管遭到入侵和部分破坏，它仍然给人留下深刻的印象，保留了文艺复兴时期哥特式和巴洛克式的建筑。

人称维尔纽斯是中世纪建筑世界特殊的典范，如今老城里过百年的建筑比比皆是，哥特风格、文艺复兴风格、古典风格、现代风格，尤其是巴洛克风格的建筑，缤纷多彩，争奇斗艳，给这个城市景观平添了几分隽永的韵味。

格迪米纳斯塔，它是维尔纽斯城堡唯一仅存的一部分。历史上的维尔纽斯城堡被巨石砌成的墙和 3 座塔楼环绕，后遭战争破坏。留下这座格迪米纳斯塔楼，它是维尔纽斯市，乃至立陶宛整个国家的一个重要历史符号，它出现在立陶宛的货币上，还出现在许多立陶宛的爱国诗歌中。

如今，在这里可以鸟瞰老城，那 1000 多座不同时代、不同风格的古建筑，造型优美、古朴典雅，仿佛是一座老城建筑博物馆，令人惊叹不已。

历史的脚步，在这里走过了千年。格迪米纳斯的后人们一直是这里的主人，也是这片老城的守望者和守护神。

另一道“风景线”

到欧洲旅游，一下飞机，接机厅里总会有操着普通话的地接导游举牌相迎。他们中有留学兼职的，也有打工为生的。随着几天、十几天的游程，一路相伴，他们就是旅程中的另一道“风景线”。

来自青岛的小李导游，20多岁，斯斯文文，办事很有条理，在英国读博士。在爱丁堡，他帮旅行社接待我们，问他当博士怎么还来做导游？他盈盈一笑：“兼职导游，既可玩又可更好融入当地社会，一举两得。”参观古堡时，本无参观军事博物馆节目，但他特意到地下的军事博物馆介绍了“镇馆三宝”：权杖、王冠、宝剑。这3件16世纪传下的神器，记述了一段波澜壮阔的苏格兰历史。小李的英文功底扎实，展室里说明标牌的内容，他有问必答，我们夸他像在帮我们补习苏格兰历史一样，他笑答：“这就是当导游的好处。”他解释，他学的是计算机专业，整天钻进计算机里，脱离了社会，很少接触实际，这不就成了虚拟世界的人了？那何必离开家庭，跑到这里来孤独一番。他说，当导游积累了不少人脉关系，又学会接人待物，对他就业大有好处。

看着侃侃而谈的小李，真为他的美好未来而高兴，我们真心地祝福他。

外面的世界真精彩，外面的世界也很无奈。坐船到赫尔辛基，出了码头，迎面举牌接站的是位纤小女子。上车一聊，她十分大方地自我介绍："我姓吴，北京人。"异国他乡，一句京腔话，我们一阵惊讶。一个弱女子，怎么干这种没日没夜的苦差事？我们一个个面面相觑，老乡见老乡，两眼泪汪汪，不知说什么好。后来旅途中吴导"倾诉衷肠"："我原在外贸公司，坐坐办公室接接电话，收入也不差，5年前结识了芬兰男友，便嫁鸡随鸡，没有什么大本事，只好打工，专门接待中国游客，也算'专业对口'吧！"她苦涩地自嘲着。据了解，幸亏现在中国游客来得多，吴导生意还不错。晚餐时，我们请她一起入席，她再三谢绝："你们慢点吃，我先开车回家，给小孩送个盒饭去，两个小时后，我来接你们回宾馆。"说着，匆匆离去。原来，她把自己的晚餐叫饭馆打包送回家去了。第二天傍晚，我们在宾馆大厅看见一位外国老人抱着一个混血儿的小女孩，而小孩直朝吴导撒娇。我们一看便邀请她们三人一起用餐，吴导摇摇手："我的晚餐打包拿回家了，不要客气。"我们听了心里都酸酸的，分明是她在客气。第三天，吴导一清早开车送我们去机场，宾馆给我们每人一份早餐盒，没有人提示，大家都送给吴导，请她带回家，又额外给了一份小费，以表我们的心意。

不过，我们也遇到过"捣浆糊"的地接导游。有一回在法国，这位小陈导游，既做买卖中介又兼导游，一心几用还不够。到了枫丹白露，他把门票一递，说是一个半小时后门口见，他"不导不游"，不见踪影，我们戏称他是"三不导游"。到了巴黎吃午餐时，他偏要领我们到饭馆隔壁的小型免税店去，一个劲地推荐："这里手表、香水都比'老佛爷'便宜。"我们一看价格，这雷达表比上海都贵几百元呢。我们都不吱声，这下，他见回扣无望，便拉下脸。过了晚餐，他又扮着笑脸：“红磨坊的艳舞，国内绝对看不到，我帮你们去订票?”其实我们早知道，导游去有回扣的。我们推说，有规定不可到这种场所嘛！用个软钉子回敬了他。第二天一早，我们刚进宾馆的自助餐厅，这老兄西装革履，正襟危坐，手拿一份宾馆内免费的报纸，像模像样地边看边大快朵颐，吃得满嘴油花花的，盆子里还叠成小山似的。原来，他特意早早从几十里外的家里赶来，扮作我们一起的游客，“浑水摸鱼”，而这家宾馆餐厅是无人把门的。见了我们，他有点不好意思，打招呼赔礼道歉。原来，昨夜有人打电话到上海旅行社去告状了，这下，他有所收敛。

然而，一方水土养一方人。那些背井离乡去海外留学打工做了多年“老外”的人，其思维方式和价值取向与我们也不尽相同。我们接触的不少“中国人导游”，则在商言商，甚至也有耍小聪明的。

那次从哥本哈根坐火车到汉堡，接站的是马导，40 多岁，胡子拉碴，他说太忙了，没时间打理。马导从四川来德国已 10 多年了，自购面包车专为旅行社提供包车服务。一见面，他便自嘲“我姓马，马马虎虎的马，但我的车不是宝马，是马自达”，一阵大笑。

第二天，到了卢森堡，说好去步行街，他却把我们领到“LV”专卖店门口，笑嘻嘻地打招呼：“各位朋友，帮帮忙。”我们丈二和尚摸不着头脑：“啥事?”这下他才吞吞吐吐：“想借大家护照用一下，帮我排个队，买个包，你们只要说，钱统统由我付。”马导千谢万谢，搞得我们不好意思，于是，跟着他一遛顺地站在门口，他同把门的老外嘀咕了几句，老外把我们放进店堂，便暂时关闭了门，这是为了让顾客有良好的购物环境。随之，马导掏出几张纸片，报出不同包包的型号号码，选购了6只，价值2万多欧元。我们递上护照，默契地配合着，随后，假模假式地每人拎着“LV”的大纸袋，趾高气扬地走了出来。

出了门，我们悄悄地边问边开玩笑：“马导，您买这么多包回去，家里有这么多小秘?”他爽朗地一笑：“哪里，老婆都养不起，还养小三?”他看我们迷惑不解，狡黠地一笑，“嘿，我替人代购的，下次去法国捎过去，赚点小外快而已。”据说，“LV”的款式，每款都是全球专卖店分别定额供应的。有的款式流行，只能到其他国家的专卖店去寻觅了。神通广大的马导经常周游欧洲列国，他又多了一条生财之道。

若干年后，我们再出国旅游，发现导游们都像马导一样，早已兼职干起了“代购”的生意。一心两用，哪有多少心思来当个纯导游?

近些年，出国旅游团领队都会拉起一个微信群。由此，地接导游“借鸡生蛋”，顺便加入微信群，他们不再是当年领着旅游团去华人开的免税店捞点回扣之类的，而是自己单干，一路推销自己的“代购”生意。从俄罗斯的玻尿酸到法国化妆品，从德国“双立人”到美国“蔻驰”包包，甚至“LV”、爱马仕包包。支付方式十分便捷，可以现金，也可以微信、支付宝。或者当场交货，或者由快递直送到国内家中。这种“代购”生意，如火如荼，蔚然成风，成为旅游途中的一道“亮丽风景线”，而地接导游正是其中的“主角”。

目睹着地接导游的“大发其财”，那些旅游团的领队兼导游也按捺不住，纷纷出手。或者同地接导游联袂“代购”，或者自立门户，闯出一片属于自己的天地。带队一次出国旅游团，就是二三十人的微信群，日积月累，几十个微信群，都是“潜在客户”，而且出国旅游的都是有一定消费能力的客户群。现在参加出国旅游团，既要忍受地接导游“代购信息”的狂轰滥炸，又要应付领队兼导游的“推销”，左右逢源，方能“百战不殆”。反正，无论是地接导游还是领队兼导游，一个也不能得罪。

纵观那些地接导游的众生相，也为他们的生活不易而揪心、同情。虽说他们生活在欧洲这个“天堂”，但他们在海外的艰辛、困苦、窘境和无奈，我们很难体验和深层次地知晓。这不禁令人想起《北京人在纽约》中的那句台词：如果你爱他，就把他送到纽约，因为那是天堂；如果你恨他，就把他送到纽约，因为那是地狱。其实，欧洲何尝不是如此？

我们祝愿他们在当地工作顺利、生活美满。

去奥特莱斯“血拼”

未出国门，想象之中的欧美商品肯定是价格昂贵得令人咋舌。

初到欧美的商业街，果不其然，商品琳琅满目，让人眼花缭乱。细看价格，自然就望而生畏了。那是购物的天堂，心里疑惑：那也是物价的“天堂”。

不过，到奥特莱斯（简称奥莱），倒是别有天地之感。说它是大卖场，它却不像国内大卖场那般是摆摊式的经营。它一般都是一个品牌、一幢小楼，或一个专卖店。要说它的价格，更是令人神往，一般商品都为六七折以下。要论其品牌，上海滩上的好牌子在那都可找到。当然，主要是服饰鞋帽类商品。

第一回到奥特莱斯，是 20 多年前在英国牛津小镇。那天上午，按导游计划正要参观西敏寺教堂。正兴致勃勃排队等候着，早有心仪的旅友问起导游：“什么地方有世界名品折扣中心？”我心里嘀咕着：“什么？世界名牌，我们工薪阶层哪有钱去逛这种地方？这不是白白浪费宝贵的旅游时间嘛！”

导游满口答应：“要逛奥莱时间较紧张，只有放弃剩下的参观景点，我们赶去还来得及。”随之，我们在伦敦郊外的一家中餐馆扒拉了几口饭，坐车赶往高速公路，1 个半小时后来到牛津小镇，下了高速，拐进一条公路，便来到了这家奥莱。

停车场上车满为患，周六下午更是人气旺。“看来，老外也不都是富翁，也有喜欢像我们这样淘便宜货的!”有人调侃了一句，大老远赶来淘便宜货，是不是有点面子上过不去?

走进奥莱，方才看清：一条小道，两侧是比肩接踵的小楼，建筑风格、式样、外观色彩各不相同。窗户上、门头上的广告都是各自的品牌标志。不少品种耳熟能详，在上海颇有地位。

慕名找到“其乐”皮鞋店，简直像个大仓库，一排排铁架上陈列着皮鞋，按不同鞋号分层摆放，便于客人挑选。里面早已是摩肩接踵，老外们一个个忙得满头大汗，手里提着、拎着，胳肢窝里还夹着，一双大眼睛还在四处寻觅。我们也早已按捺不住兴奋，哇！才 29.9 英镑一双，折合人民币 400 多元，真好像天上掉下馅饼。

小街的“丁”字路口，是“POLO”的专卖店，有儿童系列、体育系列店，还有绅士、淑女系列店。

“POLO”专卖店里，从冬服到夏装，从帽子围巾到袜子、手套、羊毛衫、T 恤衫、西装、衬衫，一应俱全，价格从 6 折到 8 折。然而，即使是 8 折，因为其价格本身就比我们国内市场要便宜三四成，这样再打折就更合算了。

据了解，品牌专卖店一般不直接在本店内打折。那么，过了季的、做过样品的，或断了码的，便在一个地区集中销售，这样几十个品牌合在一起，形成了奥莱，其集聚效应不容小视。这就是奥莱招人喜爱之处。

其实，你仔细淘淘奥莱里的商品，肯定有不同寻常的收获。

后来，来到爱丁堡。我们随口问道：“导游，这里有没有奥莱?”

“什么，奥莱?”导游一脸疑惑。

“就是名牌折扣店!”

“靠近格拉斯哥，开车1个多小时。”

没等导游讲完，我们便异口同声：“没关系，游览景点不去了，我们到奥莱去看看。”

旅行车飞驰而去，那里也是一个小镇，玻璃幕墙围成两层高的大商场，门前飘扬着几面广告旗。虽不识英文，大致可猜到：那是打折的意思。

进了玻璃门，里面暖融融的。老外们大包小包，看那模样，一个个都像拣到了大便宜似的，我们心里更是直痒痒的。

在总服务台顺手取了张“导购图”，大家相约两个小时后在总台集合，随之各奔东西。

我们不约而同来到了“其乐”鞋店。这里的规模比不上牛津那家。但选购的商品还是相当丰富。我们左挑右选，实在是难做决定，花色品种真多，让人挑花了眼睛，这都是29.9英镑一双。

选来选去，最后选了双运动鞋式样的皮鞋。据介绍，穿了这种鞋，脚下比较舒服。此鞋底有弹性，鞋面皮革柔软不硌脚，走起路来像生风般的轻快。不少游客当场换上新鞋，乐呵呵地逛街去了。

离开奥莱时，由于是苏格兰的初冬之夜，天色已暗，我们疾驶返回城里，车厢里充满着欢笑声。

巴塞罗那，一个呼吸着地中海气息的城市，充满着文化和艺术的符号。令人神往的安东尼·高迪的建筑，外墙以彩色马赛克装饰，屋顶覆盖着陶瓷板，曲折有致。门窗、阳台、屋檐等，设计别致。这一切足以叫游客们津津有味地品味着一道加泰罗尼亚海鲜饭似的。

当地的导游小陈，来自上海。因为是老乡，相互说话都很随意。我们接上头，便直截了当问起：“巴塞罗那有奥莱吗？”小陈两眼直盯着我们，满脸疑云，“什么奥莱？”

“就是那种世界名牌打折中心，专卖便宜货的地方。”

“哦，听说在郊外有个‘大卖场’，也是卖世界名牌的，尤其是西班牙品牌的鞋子。”

这老兄，连“奥莱”都没听说过。我们一商量，上午游览景点抓紧点，午饭后即去看看。

筷子一放下，我们便上车赶路。20分钟之后，来到了一片停车场，不远处是一长排两层的房子。一座小牌楼，标志着奥莱的进口处。街上已是人来人往，热闹非凡。原来，这天也是个休息天。

街中心矗立着一座太阳神的雕塑，其下是汩汩喷泉。当我准备举起相机拍摄时，突然有穿着制服的保安出面制止。我真不明白，怎么不让拍？随后，我在奥莱里面瞎逛时，有两个保安看见我手里拎着照相机，便迎上来，叽里呱啦地用西班牙语询问起来，天哪，我简直是丈二和尚摸不着头脑。我用中文简单地应付着，一来二去，他们指着我的照相机，一脸严肃状，我大概猜出个意思：“不能在这里拍照片！”我摇摇头，双手一摊，把没有打开的照相机给这两位随手一看。他俩见我照相机关闭着，也就不吱声了。后来，我专门请教导游，原来，奥莱这类大牌打折的地方，绝不让游客拍照，以维护其大牌的“派头”。另外，这里虽然是“落伍”半年以上的款式，但还是要保护其知识产权，防止“扒样”，不能随便“窃取”其设计信息。想不到，奥莱这个地方，还有讲究哩。到底是为了“脸面”还是利益？我们真不得而知了。

若干年后，在收集资料时方知，这家奥莱就是欧洲著名的比斯特公司的，其在法兰克福、巴黎、慕尼黑、米兰、马德里、都柏林等地都有分店。

难怪，凡是这家公司下属的奥莱，其商店外观、商品、品牌种类等大致相同。由此，我们对欧洲奥莱的情况有了更深的了解。

逛过水城威尼斯，坐车返回宾馆，途径火车站旁的立交桥，天色已暗；只见右侧，一晃而过的是一家五层高的商场，而一楼大堂内灯火通明，霓虹灯广告闪烁着“奥特莱斯”几个大字。

经与导游商量，又调头转上立交桥，绕了一大圈才来到商场门口。一看店招旁的营业时间表：19:30 结束。“吆，还有 25 分钟时间！”不知谁提醒了一句。说时迟那时快，我们拉开玻璃门，分头到各个牌子的货架前去觅宝。

这家奥莱的布置，与过去遇见的奥莱完全不一样。它是大商场内以各个品牌为摊，彼此为邻。而品牌则有 POLO、博柏利、博世等。那件博柏利的大衣，才 70 欧元，总觉得这家奥莱像“小作坊”似的，环境布置、商品陈列等不如那种奥莱城像模像样，是否“大兴货”？怕上当受骗，我们只挑了一两件小物件，便草草收场了。

其实，后来才明白：奥莱有多种商业销售模式，但核心都是将“过期”的、“泄气”的、“断码”的品牌，集中在一处出售，价廉物美，绝对是物有所值。

而我们那时走出国门的机会不多，对奥莱一知半解，尚不熟悉，不少人甚至是第一回听说有打折的世界名牌货，甚至认为这是天方夜谭。

在芝加哥郊外55高速公路旁，我们投宿一家四星级宾馆，四周全是高速公路或立交桥。在机场时，行李遗失了，随身用品无着落。走了10分钟，未见一个小超市。导游笑眯眯地慢声慢气：“这好办，车行15分钟，就是一家大型的奥莱，样样有，还便宜，老美都喜欢去呢！”

于是，我们兴冲冲地来到奥莱。果不其然，一层式的小屋鳞次栉比。当然，美国本地的品牌，像POLO、托米、耐克等，真是品种多如牛毛，价格却比在国内都便宜得让人看不懂。再细看，这些商品大都由中国制造。不一会儿，我们各有斩获，满载而归。

在纽约郊外的奥莱，我们余兴不减，继续“扫货”，衬衫、T恤、太阳眼镜、手套、袜子、毛衣、皮鞋、箱包，看见价格合适的就买，结果，这才是出国旅行的第二站，就已经是大包小包左提右拎，大家你看我我看你：“这哪是旅游，这是采购团啦！”尽管大家接下来要千辛万苦拖行李，但心里却甜滋滋的，因为带这些东西回到家里，送人有面子且价格又实惠，再苦再累也值了。

前些年，拉斯维加斯除了满足游客的赌兴外，还专门开设了一家奥莱。由于拉斯维加斯地处沙漠，夏季气候炎热，商店里面是冷气十足。管理方在奥莱休闲区专门装好了喷淋降温装置，不停地吹着凉风和雾气。满头大汗的游客，一边提着大袋小袋，一边对着吹风机，大口吸着清新的雾气，格外的“爽”。在这里，娱乐购物两相宜，真是“游客的天堂”。

不过，那些年，奥莱里鲜见中国游客。这些年，奥莱已经在中国游客中深入人心，早已揭去了它那神秘的面纱。而今，难以置信的是，去奥莱成为不少旅游团的“招牌活动项目”。2019 年，我参加一个中欧旅游团，行程里安排了在奥地利潘多夫奥特莱斯的半天购物。在潘多夫，到处都是大包小包的中国游客，仿佛就是在“中国商城”了。可见，越来越多的国人乐此不疲出国旅游，到奥莱购物，成为“必选景点”“必选项目”了。

不信，你去体验一下！

遗憾，旅游后的回味

回味是什么？是对曾经的回忆，抑或是对过去的追溯，抑或是对未曾得到的期待。其实，旅游后的回味，多彩纷呈，由此，构成多姿多彩的人生。

旅程，何尝不是如此？

深秋的东欧，当我踏上那片心仪已久的土地时，仿佛步入一个梦幻的世界。

2015 年，这是我第九次游欧洲，因为这次是跟团游，所以，并不像原来私人订制小团游，30 多人的旅游团，需要"统一计划，统一安排，统一行程"，也就是"统一游"。不管你喜欢不喜欢，不论你去过没去过，反正，跟着旅游团"步调一致"，这样才能确保行程的顺利，才能确保"到此一游"。

30 多人，各人的兴趣爱好、文化修养、旅游目的乃至对每个景点的需求，都是完全不同的，这就是"自由行"与"跟团游"的矛盾所在。

我们这个团，虽说很多人原来并不相识，因为是"朋友相聚"而成行，难怪，就是个"朋友团"。然而，毕竟是年龄大小不一，消费观念不一，口味不一。就说到了一地，究竟是以购物为主还是去欣赏文化历史景点为先？自然，众口难调。不过，我们则服从旅行社的原先行程安排，无一异议，这下便相安无事，"个人服从集体"，"朋友团"成为东欧游的"临时大家庭"，其乐融融，欢声笑语不断，相互“称兄道弟”，倾心相交，宛如一家人。

我想，这就是参加“跟团游”的一种心态和处事方式，如此这般，就会“入乡随俗”，自得其乐，融入这个临时大家庭，并寻找到自己一个正确的位置。

当然，对于我这个旅游时喜欢以建筑古迹风土人情为主的游记散文作家而言，错过了一个个难得的景点，甚至连望一眼的机会都没有，或者“三过其门而不入”，真是有点揪心、有点遗憾。

那天，慕名来到匈牙利的山丹丹小镇，导游刚刚宣布自由活动，一场秋雨不期而遇，我们顿做鸟兽散，呼啦啦地纷纷躲进沿街的小店内避雨。因为雨势不减，我们只好在一家儿童用品小店和一家围巾店，左看右看、左挑右挑，一直消磨到集合时间到了。然而，对于小镇上那些各具特色的工艺品商店以及博物馆、画廊等，却无法光顾，只好恋恋不舍地离去。

一年后，我又参加了一个巴尔干旅游团，正巧也有到山丹丹小镇的旅程。这样，正合我意。那天秋高气爽，我如愿以偿，将小镇的前前后后游览一遍，弥补了原先的缺憾。

城堡，对我最有吸引力，曾经观赏过西欧众多城堡。来到萨尔斯堡，行程中只是在粮食胡同商业街闲逛，我无奈望着胡同尽头的萨尔茨城堡发呆，远不可及。其实，萨尔茨堡既是地名，也是位于奥地利萨尔茨堡市的标志性建筑。我已经三次路过，均因没有此旅程项目，依旧“望堡兴叹”，继续期待着下次机会。

2016 年一个秋夜，按照旅行社的行程，我们在黑山共和国科拉欣小镇入住一家非常豪华的四星级酒店——比安卡温泉度假酒店。酒店周围环绕着壮丽的松树林，享有“白色”山的壮美景色。客房可以俯瞰山脉和松树林，真是美不胜收。可是，因为我们旅游团酒店房间预订出问题，我被临时安排到小镇的一家民宿去入住。拿着一个木牌系着的房门钥匙，顺着狭窄的甬道，来到房间。打开一看，一阵心凉。10 来个平方米的卧室，两张小床面对面，中间只够一个人走动的空间，显得捉襟见肘了。但这第一次在欧洲的山野民宿入住，总有点新奇感。于是，索性来到那个兼饭厅的大堂里，坐下同年轻的老板伊文聊天。我饶有兴趣地问他最后一个问题：“中国客人多吗?”伊文仔细地到电脑里查了一下，准确地告诉我：“您是第 10 位中国客人!”

因为旅行社的失误，我没有入住四星级酒店，旅友们为我没有泡温泉而惋惜。虽然有遗憾，但我调整好心态，以见识到黑山的民宿而荣幸。这是我在科拉欣小镇上的意外之获。

奥地利的巧克力蛋糕是世界上顶级的，维也纳的巧克力蛋糕更是当仁不让，尤其是步行街上沙赫咖啡店的沙赫蛋糕，不仅当地人喜欢，游客更是非要尝一尝才算不虚此行，但需要排长队购买。我前几次到维也纳旅游，都错过了品尝的机会。2019 年 10 月，再次来到维也纳时，便在步行街上四处寻找，足足花费了半个多小时，仍然没有找到，只得作罢。结果，旅友中有人听了我的推荐慕名而去，还带回了蛋糕。我没有口福，只能留到下次品尝。

木心说过：“世界的大小，人生的苦乐，心绪的好坏，全取决于你所处的位置。”“跟团游”难免不尽如人意，这也无伤大雅。旅行，就是自找开心的事，饱览异国他乡风土人情，享受人生的每分每秒，何必自寻烦恼。

同样，我还是觉得旅行中留点遗憾，这才是另一种回味。

它会召唤着你再度追寻、再度出发……

到欧洲步行街散心

长达10来个小时的长途飞行，人早已疲惫不堪，但下了飞机到欧洲的商业步行街去逛一逛，还真是惬意无限，令人心旷神怡。

说起步行街，据说，现代商业步行街初见于20世纪20年代。到了60年代，欧洲许多城市困于汽车拥堵造成的交通难，丹麦哥本哈根市政府对商业街全面实施禁止汽车通行，却招来众多的反对声，但历经数年，这种新型的商业步行街样式逐渐得到

各方认可，随着城市环境问题的深入人心，而今这种集经济、文化、社会和生态功能为一体的城市新型模式，颇具影响力和感染力。

在欧洲的商业步行街中，丹麦哥本哈根的斯特罗步行街是最早的一条，全长1.2千米，道路两侧排列着200多家商店，从大型百货公司到小咖啡馆、小书店，应有尽有，且带动了周边街区的商业，形成了一种规模效应，人称“商业步行街区”。而最引人入胜的是几家专售特色礼品的小店。经导游引荐，我们来到一家琥珀专卖店。据店主介绍，波罗的海地区在4000万年前是一片原始森林，树木分泌的一种树脂被埋入地下，经过不知多少年的压力和热力的质变，最终形成为琥珀。早期的北欧人以此为驱魔辟邪之物，称之为“北方的黄金”。看着店堂柜台里各式琥珀，仿佛黄灿灿的殿堂一般。店主热心地为大家挑选着，胸针、耳坠、戒指，品种齐全，质量好的比黄金还贵哩。一枚项链上的坠子，才小指甲般大小，价格不菲，原来，这枚琥珀中含有一只小虫子，那可是树脂凝固的一瞬间，正巧裹住了小虫子，从而保藏至今。

德国慕尼黑的商业步行街，宽敞大气，沿街商店琳琅满目，而以大教堂上的古钟为一大特色。每当中午11点整时，正在忙于购物的人们不约而同地拎着大包小包，纷纷驻足，汇聚于广场上，翘首以待。随着钟声的敲打，巨大古钟，上下几层，各有小人、木马等伴随着音乐声，优雅地旋转起来，活像“空中舞台”在演出节目，给商业步行街带来了几许欢乐和笑声。

科隆大教堂旁的霍耶街，街道狭窄，两边商店隔街相望，几步就可跨来越去，游客十分方便，市面十分热闹。导游往往推荐，科隆 4117 香水乃是当地特产。据说，古隆水，在法语里即“科隆之水”。拿破仑时期，驻科隆的法国兵回家时，就是拿着“科隆之水”送于妻子或情人的，足见其可与法国香水媲美。在导游的戏说之下，大家都动了心，纷纷采购。

在布拉格旧市政厅的南面墙上，是天文钟。这座大钟至今走时准确，每天中午 12 点，12 尊历史人物雕塑从钟旁依次现身，6 个向左转，6 个向右转，随着雄鸡的一声鸣叫，窗子关闭，报时钟声响起。游客在尽兴之余，便纷纷移步对面的 melantrichova 街，这是一条充满中世纪风情的小街，两侧的店铺，招揽着游客的目光。那家波西米亚玻璃工艺品商店，是游客必到的打卡热点。

威尼斯几乎全都是步行街，全城没有一辆汽车，只有贡多拉等船只作交通工具。圣马可广场周围的众多小道，店铺林立，玻璃制品是特色纪念品。我们参观了玻璃工匠的表演，那是一位老汉，系着护身布，打开电炉，将玻璃原料送入，稍息，取出通红的玻璃，抄起一根管子向里吹气，霎时玻璃鼓胀起来，边吹边转动，稍稍沾火后，再次吹气，戴着特制石棉手套将玻璃瓶雏形转动，又沾火后，便提起大剪子，将多余之处剪去。随后，又将彩色玻璃拉出丝状缠绕在花瓶上，流利的动作、独具匠心的创意，任其海阔天空。

巴塞罗那的商业步行街——兰布拉斯大道，让人耳目一新。这里的步行街位于道路中央，在连绵不断的法国梧桐树下，由不少特色的店铺构成。有专卖花卉的，万紫千红，竞相争艳，赛过植物园；有专卖画作的，油画、水彩画、素描作品，风格迥异，五花八门。当然，同市民生活相关的日用品，更是目不暇接。在一处旧货小摊“淘宝”，同行的一位与老外讨价还价，他相中一架老式的显微镜，说将这洋古董送给小孙子，值得。海外淘洋货，别有一番情趣。

来到萨尔茨堡，在步行街——粮食胡同闲逛，脚下的鹅卵石路面发出“咯咯”的响声，家家商铺前垂悬着铁艺标志，有花卉式样，有动物造型，还有自己的广告。街上有莫扎特故居，好几家经营带莫扎特标志的特色商品。别看店小，但不少还是世界大牌的专营店。可谓街小名气大。

到都柏林，导游把我们带到格拉夫特商业步行街，笑吟吟地解释道，这里的步行街值得一看，是了解风土人情的好地方，尤其是布雷斯咖啡馆。据说，这家老店曾一度经营困难，市民知道后，纷纷前来捧场，使之起死回生。听罢，我们穿过摩肩接踵的人群，一探其场景。这是一幢三四层楼的古典式建筑，外墙装潢典雅古朴，二楼沿街的窗台上下摆满了花卉。服务生打着招呼，一听我们是中国人，马上叫来一位来自中国内地的留学生女孩，这样交流起来就方便多了。我们每人点了一杯红茶和一份小点心，边小憩边环视着，底楼大堂足有几百人，而楼上还有民间艺人的表演。当地人就是要这个环境气氛，就是要这份怀旧。

到欧洲去旅行，不能不去商业步行街领略一番，还有维也纳的克恩藤街、法兰克福的采尔街、雅典的基达西奈翁街、斯德哥尔摩的老街、英格兰约克的肉铺街等，林林总总，不尽相同，各有特色，这越来越成为我们赴欧旅行的一大余兴节目。

快来吧，让我们去欧洲商业步行街逛街散心……

赴欧旅游话“意外”

到欧洲旅游，不一定总是“风调雨顺”，总会遇到形形色色的意外情况。

出行欧洲，千里迢迢之外，随身的行李是必不可少的。然而就这行李，时常还带来麻烦和意外。有一次，“黑手”因对行李箱里的物品真假不辨，下了手。我们到瑞士旅行，从巴黎机场转机到苏黎世。到了宾馆准备取出随带的几把金钥匙状的小礼品，却早已去向不明。我们一阵好笑，“黑手”不识庐山真面目，这又不是金质的，是合金钢做的，不值钱，“黑手”看花了眼。

偶遇意外，心态要好。说到行李，不得不提机场行李丢失的事。曾经报载，欧洲某机场一年丢失行李一二十万件。概率如此之高，难怪我们会中“头彩”。前些年，我们几个去法国、西班牙旅行。从尼斯赴巴黎机场转机到巴塞罗那。下了飞机来到取行李处，同行中的一个行李箱不见踪影，左顾右盼，传输带上亮起“完毕”的红灯，我们只好找到丢失行李登记处。嗬，门口走廊上成堆的丢失行李，没有找到我们的。于是，我们到登记台报案，服务员熟练地问起“关键字”——“什么式样”“什么颜色”“什么材料做的”“多少大小”，一边问一边翻开手里的“样本册”，这样更形象化，便于报案的准确性，随之在电脑上敲打一阵，看过护照和机票，又问起：“今天住什么宾馆，地址?”“明天去哪里”，我们一一如实回答，留下联系电话号码，服务员递了一张登记单作凭证，我们便忐忑不安地离开了机场。

当晚，我们按登记单上的电话，同机场联系，回答令人吃惊：“我们已查到，这件行李被运到土耳其伊斯坦布尔去了。要两天后运回巴塞罗那，是否送到你们宾馆?”态度尚可，就是让人哭笑不得，我们两天后要返回法国了。“那么建议你们到巴黎机场去取或者可由我们托运回中国上海浦东机场。”老外早已从电脑上查出我们机票的信息。我们商量了一下，决定请其送回浦东机场。第三天早上，家里发来短信，说是完璧归赵。

一旦遇到意外险情，本应处惊不乱，以冷静应对为上。我们那天奔波了一天，从瑞典哥德堡经马尔默赶到丹麦哥本哈根，已是晚上 11 点多，人困马乏，入住市中心一家四星级宾馆就睡下了。凌晨 4 点，“呜呜”的警报声将我唤醒，我一骨碌翻身起床，睡眼惺忪，查找房间里何处发出的响声，迷惑之际，听到走廊里疾步来回的响声，我打开门缝一看，老外们扶老携幼，一个个脸色凝重，相互催促着朝安全门走去。我一看，拿起护照和钥匙，便冲出房门，到隔壁连着的 5 个房间去敲门，那是我们同行的。谁知，隔壁是一家三口老外，我一敲门，这下懵了，双方语言不通，比画一下，情况紧急，走错亦无妨。我招呼着几位同行“有情况，带上护照钥匙，行李不要了”。我们随着大队人马，排着队绝无争先恐后地，一一从安全通道下楼，底楼早已水漫金山，消防车闪着刺眼的红光，但却没有多大的动静，你看，这城市正在熟睡之中。我们将这次偶遇称为新的丹麦童话，天真却不失惊奇。

意外，倒也有“意外的收获”。一次旅游团队到德国，一路风尘仆仆。几位同行爱好沏热茶喝，一到宾馆，支开“热得快”动手烧开水，兴致一来，就忙着到隔壁房间打牌，正当牌兴大发，突然，宾馆门口两辆消防车呼啸而至，一队消防警冲上楼来，砸开房门。这几位打牌者方知闯下大祸了，因为“热得快”烧干锅了，冒起黑烟，激活了房间的报警装置和喷淋装置，房间里成了淋浴房似的。“谁住这里?”询问之下，填好单子，念是无意引发的火警，罚款300欧元。这几位分担后，我说，花钱买个教训，权作意外收获吧。

欧洲有的城市的小偷是出了名的，我常用“以史为鉴”来提醒别人和自己。那回到比利时布鲁塞尔，我们在国家银行旁的一家中餐馆吃完晚饭，到门口歇歇，这时一对吉普赛母女，叽哩呱啦朝我们中的王先生直嚷嚷，那小孩拉着王先生的衣裳，那女人递上一本摊开的杂志，以挡住王先生的目光，她的手在杂志的掩护下，正悄悄地拉开王先生挂在胸前的小方包，我们一看，急忙用上海话提醒着：“小心，包!”王先生一个激灵，用手一捂，正巧抓住那女人的手，哪知这一大一小，扮个鬼脸，若无其事地走开了。好险，王先生包里有护照、银行卡及一叠欧元呢。事后，我们相互调侃道：“今朝你拾得一只皮夹子!”说实在的，真不知是庆幸还是后怕?

到了欧洲，因环境陌生，常会发生迷路之意外。出了宾馆，备上一张宾馆地址的小卡片，一旦遇上分不清东南西北时，只好花上车费，请出租车送回宾馆。到了大型百货公司，在琳琅满目的商品世界晕头转向时，总可找个中国游客问路，这是防意外之秘诀。

旅途中，也会遇到“美好的意外”。欧洲宾馆早餐供应一般要七八点钟。我们住柏林宾馆，第二天一早赶飞机，需 5:30 出发，吃不上早餐。总台说可以打个盒饭带着，我们颇为高兴。谁料，半夜里房门“笃笃”的敲门声，“猫眼”里一看，是个老外，我吆喝了一声，那老外边敲边嘀咕，是酒鬼？还是歹徒？怎么办，只好扣好保险链，开一条门缝儿，看个究竟，哇，原来是送早餐的，一大盘子里有面包、饮料、牛奶、香肠、水果等，一看手表才午夜 12 点多，这老外就上门服务了。开门让进屋，睡意全无，赶紧掏出小费致谢。

有时因不明当地的规矩，发生误会也是在所难免的。一次在奥地利维也纳，晚饭后，想到电视塔去登楼看夜景，老板娘告知出门拐弯坐几路轻轨，但却未告购票方式，我们以为可以像国内上车买票。一上车，几节车厢均无售票员，有中国留学生告之，必须在站台上自动售票机购票，否则无票一旦查实，课以重罚，折合人民币 1000 多元，我一算，我们 9 个人，要上万元，真是个天文数字了，吓得我们直冒冷汗，更怕被误会逃票。到了下一站，赶紧下车购票去了。

购物时满怀窃喜，可退税时却遭烦恼，在巴黎机场、法兰克福机场、布达佩斯机场等，海关敲章处往往只开一个窗口，排队的人黑压压一片，不少人手里攥着一大把退税单。效率实在不敢恭维，好不容易敲章验证后，又要去排长队等退现金，反正没有一两个小时搞不定。眼看着登机的时间越来越近，我们只好弃“单”而去，退税单成为一叠废纸。好不懊恼！

林林总总的“意外”，形形色色的节外生枝，而旅途正是这样，既有意料之中的心旷神怡，也会带来意料之外的心惊肉跳，但我们仍旅行着，品味着……

与大海为伴

《孤独行星旅游指南》中指出，欧洲通常被称作大陆，其实称为半岛更合适。它三面环海：地中海、大西洋和北海。

这些年，我先后 10 多次前往欧洲，看惯了大教堂、大广场和市政厅，反而对海滨，对大海更添几份留恋。

有了大海，人类与之为伴，濒海而居，由此一座座名城临海而建，蓬勃发展。城因海而兴旺，海因城而闻名。

你听说过大海会弹琴吗？这不是神话，这是在克罗地亚扎达尔海滨的真实所见。来到海边漫步，朝着大海的岸堤上有砌成一层一层的台阶。台阶的面上，有一排圆孔。台阶的侧面，靠大海的那边，每一块巨大的石阶都有几个长方形的孔口，石阶有序排列成一排，恰似窨井的出水口。其实不然，这是世界第一座“海风琴”，扎达尔独一无二的海洋风琴艺术。大海弹起“海风琴”，那乐声就是扎达尔人的心声。

号称“北方威尼斯”的斯德哥尔摩，54 座桥把 13 个岛屿连成一片市区。高耸的塔尖下是市政厅，红褐色的外墙，高 105 米的方柱形塔楼，成为地标性建筑，这是斯德哥尔摩的象征。说起斯德哥尔摩，不得不提瓦萨沉船博物馆。它是瑞典国王古斯塔夫·阿道夫二世下令建造的，1628 年完工，首航时遇风暴即沉没海底 300 多年。1961 年打捞出水，随之拖入港内，就地建起一座博物馆。当你借着昏黄的灯光，在古船的船舱里可见火炮、酒桶、缆绳，这些是当年的原物，无言地叙述着海的历史、海的心声，更无言地控诉着海的罪恶。

哥本哈根，在丹麦语中为“贸易港”之意，这是北欧最繁忙的商港。然而，今日的贸易港，留给游客最深刻的是美人鱼故事。这个来自安徒生童话故事《海的女儿》的文化象征，而今，则成了哥本哈根的代名词，无人不晓，是哥本哈根的标志物。童话故事自然是妙不可言，却是虚构的。但现实中，她迄今仍坐守在厄朗利尼码头的海滨公园内，守望着大海，信守着自己一个为爱情而生、为爱情而终的诺言。美人鱼同大海有着千丝万缕的关系，大海在这里留下了一个丹麦童话。

芬兰湾北岸的赫尔辛基，海滨的西贝柳斯公园，由银灰色钢管组合成的西贝柳斯纪念碑，高低起伏，前后相错，好似跳动着的音符，颇具动感。而西贝柳斯头像，采用的是浮雕，沉思中的西贝柳斯，庄严肃穆，他仿佛沉浸于《芬兰颂》的乐曲之中，沐浴着迎面吹来的海风，从生生不息的大海中汲取力量，汲取智慧。

奥斯陆海湾湾头是奥斯陆城，而位于挪威西海岸峡湾线上的卑尔根，这两座海港城市，各有海滨之旖旎风光，令人流连忘返。

在古代，爱沙尼亚的塔林还比较落后，尤其是守着大海来港的船舶却稀少。怎么办？人们期盼着、梦想着。有人建议建造一座高高的教堂，当年因为人们希望为海船引路来做贸易，故欲建立一座城市的最高建筑。700 多年来，这座教堂以 59 米的高度（曾经成为当时的最高建筑），在那茫茫大海里，作为海船的路标，而今成为爱沙尼亚人同大海交往的象征。

来到地中海，这里到处是金色的海滩，数不胜数的小海湾，成为海水浴、钓鱼、裸泳者的天堂。戛纳、尼斯以其明媚的阳光、潋滟的海水和璀璨的灯光而闻名遐迩。你可以漫步于尼斯的“英国人散步道”，顺着曲折的海湾欣赏海的宁静、海的舞蹈。100 多年前，这里还人迹罕至，今非昔比，这里早已成了豪华酒店的世界。当你漫步于戛纳的海滨林荫道婆娑绰影的棕榈树下，或是风姿绰约的太阳伞下，不乏有皇室成员或电影明星的身影。难怪有人称之为“星光远比阳光还要灿烂”。

袖珍小国摩纳哥，俯瞰大海，坐拥大海，要数那千帆林立、万舟竞发的壮观场面为最。豪华的游艇，满目皆是，一览无余，这是财富的象征，是大海的奢华。

地中海边的巴塞罗那，自 1992 年举办奥林匹克运动会起，对沿海地区重新整治，就此恢复了它作为海滨城市的风貌。海滩成为城市的骄傲，也是市民的乐园。而今，登上蒙特惠奇城堡，眺望港口，巨轮来来往往繁忙，不失为“伊比利亚半岛的明珠”。

拉脱维亚的里加湾，紧紧相连着波罗的海。它有着波罗的海的汹涌波涛，也有着里加湾的平静如镜。几百年来，海水时起时伏，但海风依旧清新不变。里加湾的海水和海风，见证了历史的脚步和时代的变迁。里加人感谢曾经游览过里加的英国作家格雷厄姆·格林，因为他的那句“里加，北方巴黎”，让里加美誉欧洲。

苏格兰爱丁堡，这座岩石上的古堡，黑黝黝的外表，并不显眼，但却是苏格兰人心中的骄傲。阿盖耳炮台、米尔斯山炮台，可俯瞰爱丁堡远郊的北海。而今，硝烟早已散尽，每天下午1点，伴随着钟声，炮台便礼炮齐鸣，“隆隆”的响声，传遍北海上空，这是和平的号角。

彼得保罗要塞坐拥在波罗的海沿岸，是圣彼得堡的发源地。十月革命前夕，要塞成为起义军的司令部。按照列宁指示，在棱堡的旗杆上悬挂着一盏明灯为号，指引阿芙乐尔号巡洋舰炮轰冬宫，从而成为起义的标志。要塞的军事功能早已丧失，留下的只是历史的回声，敲打在人们的心头……

荷兰的阿姆斯特丹，以165条运河和1万多座桥梁构成了“海边城市”，当坐上游船巡游于运河之上，从造型各异的桥洞下穿过，方觉荷兰人的聪明才智是何等过人，尤其是为拦海水而建的水闸桥，别具一格，令人叫绝。在海牙，则建有一座像竖琴的大桥。若有大船通过，便可吊起整块桥面，畅通无阻，真佩服海牙人的奇思妙想。

与之有异曲同工之妙的是威尼斯。伴随着亚得里亚海的潮起潮落，威尼斯人则以桥与舟，将100多个小岛串连起来，构成了一座水上旅游胜地。而最为迷人的是“贡朵拉”，高高翘起的船头船尾，轻盈便捷，独此一家。

杜布罗夫尼克，1979年被列入世界自然与文化遗产名录。其老城是亚得里亚海东岸最南端的城市，矗立于山海之间，由坚固的石头城墙围绕，被誉为欧洲中世纪保存最完好的城市之一。正是因为杜布罗夫尼克得天独厚的自然环境，英国著名诗人拜伦曾把她称为“亚得里亚海的珍珠”。英国著名的戏剧家萧伯纳更是赞赏有加：“如果你想看到天堂到底是什么样子，那么去杜布

罗夫尼克吧！”

其实，天堂的昨日，充满着凌辱、欺压和血腥，旧城的石头目睹了历史的腥风血雨，见证了前仆后继的抗争。来自杜布罗夫尼克的诗人贡杜利奇曾经这样写道：“啊，美好的、宝贵的、甜蜜的自由……杜布罗夫尼克的唯一装饰，所有的金银财宝和一切世俗生活，都不能与你的大美相比！”

欧洲大陆最西端的城市——里斯本，历史悠久的海滨城市。为纪念航海王子亨利逝世500周年而建的纪念碑，外形像一艘大帆船，上有众多航海家、名将、传教士、科学家等雕像。而欧洲大陆最西端的卡罗角，此为大地之端，大海之始，面临大西洋的狂风恶浪，终日以自己的身躯为来往船只指明方向。

大海啊，城市的故乡；大海啊，人类的向往。

后　记

作者退休后的这些年，以一个旅游散文作家的视角，先后游览欧洲、北美洲和大洋洲的上百个城市和小镇。一步一个脚印，踏遍青山人未老，为自己的旅游散文创作带来了灵感和源泉。

2017 年 8 月，拙作《沉醉于欧洲之魅——一个作家的 N 次欧罗巴之旅》由上海社会科学院出版社出版。该书致力于将欧洲旅游中所见所闻，有感而发地，从独特视角记录下并形成一本旅游散文集，融纪实、议论、抒情为一体，算是一本深入浅出、颇有新意的旅游指南。该书收录了作者在欧洲 34 个国家旅行观光的各类游记和散文、随笔，特别记述了作者在欧洲走访博物馆、画廊观赏世界名画、亲近大师巨擘的经历和感受，表达了作者对旅行、对生活的态度，以及对艺术、对生命的礼赞。

历经数年，本书是作者对《沉醉于欧洲之魅——一个作家的 N 次欧罗巴之旅》的补充与扩展，从地域上，收录了作者这些年除了去欧洲多国外，还有去美国、加拿大、新西兰等地旅游的文章。在写法上，不拘一格，有的偏重于收集与求证历史人文故事，挖掘那些被历史尘封的轶事；有的着重于旅游之余的思考、感悟和启迪；也有作者根据亲身体会而撰写的游记和随笔。

本书力求文笔生动，文章短小精悍，深入浅出，接地气，融知识性和可读性于一体，不失为旅游爱好者的一本辅助读物，也可作为旅游休闲的枕边书。

因为2020年年初突如其来的疫情，只能宅在家里，正好有时间整理和撰写书稿。这是作者出版的第21本作品集，收笔之际，还要感谢关心和支持我写作的老师和朋友，尤其是感谢上海浦公检测技术股份有限公司的鼎力相助。

作者 2021年5月28日于浦东

图书在版编目(CIP)数据

旅行的回味 ：一个作家的欧美散记 / 叶永平著 .—
上海 ：上海社会科学院出版社，2021
ISBN 978-7-5520-3614-5

Ⅰ. ①旅… Ⅱ. ①叶… Ⅲ. ①游记—作品集—中国—
当代 Ⅳ. ①I267.4

中国版本图书馆 CIP 数据核字(2021)第 134083 号

旅行的回味——一个作家的欧美散记

著　　者：叶永平
责任编辑：董汉玲
封面设计：周清华
出版发行：上海社会科学院出版社
上海顺昌路 622 号　邮编 200025
电话总机 021-63315947　销售热线 021-53063735
http://www.sassp.cn　E-mail:sassp@sassp.cn
照　　排：南京理工出版信息技术有限公司
印　　刷：上海新文印刷厂有限公司
开　　本：890 毫米×1240 毫米　1/32
印　　张：7.125
插　　页：2
字　　数：154 千
版　　次：2021 年 7 月第 1 版　2021 年 7 月第 1 次印刷

ISBN 978-7-5520-3614-5/I·433　定价：55.00 元